MICHEL ROSTAIN

SYN

Z francuskiego przełożyła
WIKTORIA MELECH

Wydawnictwo
A. Kuryłowicz

Tytuł oryginału:
LE FILS

Redakcja: Hanna Machlejd-Mościcka
Zdjęcie na okładce: urciser/Shutterstock
Projekt graficzny okładki i serii: Andrzej Kuryłowicz
Skład: Laguna

ISBN 978-83-7885-626-9

Dystrybutor
Firma Księgarska Olesiejuk sp. z o.o. sp. k.-a.
Poznańska 91, 05-850 Ożarów Maz.
t./f. 22.535.0557, 22.721.3011/7007/7009
www.olesiejuk.pl

Sprzedaż wysyłkowa – księgarnie internetowe
www.merlin.pl
www.fabryka.pl
www.empik.com

Wydawca
WYDAWNICTWO ALBATROS A. KURYŁOWICZ
Hlonda 2A/25, 02-972 Warszawa
www.wydawnictwoalbatros.com

2014. Wydanie I
Druk: Abedik S.A., Poznań

Dla Martine

Rozdział 1

Szukać znowu słów,
Które coś mówią.
Tam, gdzie szuka się ludzi,
Którzy już nic nie mówią.

Znajdować znowu słowa,
Które potrafią coś powiedzieć.
Tam, gdzie znajduje się ludzi,
Którzy nie mogą już nic powiedzieć.

ERICH FRIED

Tato robi odkrycia. Na przykład że nie da się spędzić dnia bez płaczu, choćby przez pięć minut lub trzy razy po dziesięć minut albo nawet przez całą godzinę. To coś nowego. Łzy zatrzymują się, powracają, znowu się zatrzymują i znowu powracają. I tak dalej. Pełna rozmaitość szlochów, ale ani jednego dnia bez płaczu. Kształtuje to życie w inny sposób. Są łzy nagłe, wystarczy gest, słowo, obraz — i pojawiają się niespodzianie. Są łzy bez widocznej przyczyny, ot tak, głupie. Są łzy o nieznanym smaku, bez czkawki, bez zwykłego grymasu ani nawet pochlipywań. Te łzy po prostu płyną.

On raczej odczuwa potrzebę płaczu rano.

*

Jedenastego dnia po mojej śmierci tato poszedł oddać moją pościel do pralni. Szedł ulicą Couédic, z nosem w trzymanej w rękach pościeli. Mówił sobie, że wdycha mój zapach. Tak naprawdę pościel śmierdzi, nie prałem jeszcze tych prześcieradeł ani poszwy. Spałem w nich przez wiele miesięcy. To go wcale nie szokuje. Przeciwnie, w załomach białej pościeli, którą niósł do pralni niczym święty sakrament, pozostało jeszcze coś ze mnie. Tato płacze z nosem w płóciennych prześcieradłach. Unika spojrzeń, nadkłada niepotrzebnie drogi, skręca w prawo w ulicę Obscure, wraca, znowu nią idzie do ulicy Le Bihan, potem ulicą Emila Zoli, przez Halles, robi czterysta metrów zamiast stu. Korzysta, żeby jeszcze wąchać pościel. W końcu otwiera drzwi pralni.

Yuna de la Friche właśnie wkłada monetę do pralki automatycznej. Tato nie może już dłużej tego odwlekać. Kondolencje i tak dalej. Właściciel pralni też składa tacie kondolencje i odbiera od niego pościel. Tato chciałby, żeby to jeszcze potrwało, żeby trzeba było postać w kolejce, żeby zadzwonił jakiś telefon od klienta, przyszła nowa dostawa, rozpętała się burza, żeby to trwało i trwało, bo mógłby wtedy powdychać mój zapach. Tato oddaje pościel, traci ją.

Po powrocie do domu zastaje naszą suczkę w trakcie ogryzania moich pantofli. W nich także jest mój zapach. Tato, chyba nie zamierzasz konkurować z Yanką i ssać moich śmierdzących butów?

Jak długo suczka będzie wyczuwała w nich mój zapach? Można by to sprawdzić na przykład za trzy miesiące — sto dni — tyle, ile wynosi czas dany na wykazanie się nowo obranemu rządowi. Jak długi jest więc ten czas po czyjejś śmierci, kiedy wszystko zmusza do myślenia o zmarłym, kiedy zwykłe wspomnienie jego imienia wywołuje płacz? Sto dni, rok, trzy lata? Warto by to obiektywnie określić. Ile czasu Yanka będzie chwytać moje buty, by wąchać skórę przesiąkniętą moim zapachem? Kiedy nadejdzie ten moment, gdy tata i mama przestaną z nabożeństwem doszukiwać się wszędzie moich śladów? Jak długo będą tak zapamiętale robić to, co wyciska im łzy z oczu? Jak długo będę najważniejszy we wszystkich bez wyjątku chwilach ich życia? To bardzo interesujące pytanie. Tato, przyznaj, że ty także, szlochając, zastanawiasz się nad tym niekiedy, jakbyś, choć to niestosowne, spoglądał ku przyszłości, o której moja śmierć kazała wam zapomnieć.

*

W twojej nowej rzeczywistości zapanował zamęt. To, co otrzymałeś w spadku, tato, to niechciane prezenty. „Pięknych snów, ukochany, twoja Nanie, która cię kocha. Dobranoc, moja mała łasiczko". Tato jest nieco zażenowany, czytając wiadomości zarejestrowane w moim telefonie komórkowym, z których dowiaduje się, jakimi czułymi słowami zwracała się do mnie moja dziewczyna. Nie potrafi się jednak powstrzymać, przegląda wszystko, czego nie skasowałem. Że ona mówi mi, że mnie kocha, to oczywiste, tego się spodziewał. Teraz musi domyślać się, że nazywałem ją „moją Nanie", ale to też nie problem. Żenuje go zwrot „moja łasiczko". Powinien poszukać informacji o łasiczkach. Dlaczego Marie mówiła do mnie „łasiczko"? Czy dlatego, że gryzłem jej uszy, wargi, sutki? W Google'u piszą, że łasiczka to zwierzę nocne. Czy może dlatego, że kładłem się spać o tak późnej porze?

Tato nie lubi przezwisk. Nigdy się nie dowiesz, skąd się wzięła ta „mała łasiczka", chyba że przyznasz się Marie, iż czytałeś to, co do mnie pisała. Byłbym zaskoczony, gdybyś odważył się jej to powiedzieć.

Tego wieczoru ojciec znalazł także w telefonie komórkowym tekst nagrany dwudziestego szóstego września, miesiąc przed moją śmiercią: „Gwiazdo odkupienia, drogi Lionie! No więc teraz jestem w Reims, żeby móc podziwiać tutejszą katedrę". Tato gorączkowo rozszyfrowuje tę wiadomość. Dotyczy ona oczywiście podróży do Amsterdamu, którą odbyłem z Romainem tuż przed śmiercią. Okłamałem ich. Powiedziałem, że jadę do Reims. Tato i mama zaniepokoiliby się, gdybym im oznajmił, że tak naprawdę jadę do raju narkotykowego, bo jako dwudziestojednoletni młodzieniec muszę zaliczyć taką podróż. Ty, tato, robiłeś podobnie czterdzieści lat temu, prawda? Wracając z Holandii, Romain rzeczywiście przejeżdżał przez Reims. Ja natomiast pojechałem do Bretanii oddać wypożyczony z trudem samochód. Romain wysłał do mnie tę wiadomość z Reims.

Jest w niej jednak dość zagadkowe sformułowanie: „gwiazdo odkupienia". Minie wiele lat, zanim odważysz się, tato, zapytać o to Romaina. Na razie gromadzisz zagadki.

Kiedy pytano tatę, pod jakim znakiem się urodził, śmiał się drwiąco. Mówił, że wcale nie interesuje go, jaki jest jego znak zodiaku ani tym bardziej rodowód jego przodków. Dodawał przy tym, że zna tylko imię swojego potomka — „Lion", czyli moje. Teraz, kiedy ja nie żyję, tato nie ma ani przodka, ani potomka.

*

Dwudziestego dziewiątego października 2003 roku o godzinie 12.45 miałem umówioną wizytę w przychodni uniwersyteckiej. Problem w tym, że umarłem 25 października, cztery dni przed tym terminem. Kiedy załatwiłem tę wizytę? Tato zastanawia się nad tym. Oglądał tę kartkę dwa, może nawet trzy razy, odkąd zabrał się do uporządkowania moich papierów. „Przychodnia uniwersytecka, 29 października o godzinie 12.45, wizyta u pani doktor...". Napisane „wizyta u pani doktor...", bez podania jej nazwiska.

Tato żyje w stanie chaosu od pierwszego tygodnia żałoby, gdy odbyły się już wszystkie ceremonie i wyjechali jego koledzy. Został sam, a od samotności zaczyna się tak naprawdę śmierć. Tato spędził cały dzień, przeglądając moje rzeczy, płacząc między jedną a drugą rozmową telefoniczną. Wycierając często nos, nie mógł tłumaczyć się alergią na kurz. Przeczytał kilka razy moje mało ważne notatki z pierwszego i z drugiego roku studiów i postanowił ich nie wyrzucać, na wypadek, gdybym między notatkami z angielskiego czy matematyki zostawił jakieś zapiski, jakiś rysunek, coś osobistego, co byłoby dla niego informacją. Nie znalazł nic, żadnego znaku, nic poza chaotycznymi notatkami studenta, który nieuważnie słucha przynudzającego profesora. Po godzinach gorączkowych poszukiwań — muszę przyznać, choć z wielką przykrością, tato, że było to bardzo niedyskretne z twojej strony — nagle na dole tej kartki przypominającej o wizycie u lekarza, która wywołała jego niepokój, dostrzegł zrobiony ręką dopisek. Małe, ledwo widoczne literki, ale zawarta w nich była cała istota sprawy. Nie miałem umówionej wizyty u pierwszego lepszego lekarza, który był tego dnia wolny i mógł zrobić rutynowe, coroczne badania kontrolne, jakim podlegali studenci. Miałem spotkanie z konkretnym lekarzem, psychiatrą, panią doktor Le Gouellec. Ten dopisek nie był zrobiony moją ręką. Tak więc to ja sam, z własnej woli chciałem być u psychiatry.

To zmienia wszystko.

Tatę ogarnął dawny niepokój. Odczuwał go od chwili mojej śmierci. Wydawało mu się, że się go pozbył. I oto niespodziewanie ten niepokój znowu się pojawia. Powraca nagle wewnętrzne przekonanie, które tato od dawna nosi w sobie — przekonanie o wszechmocy podświadomości. Szaleństwo żądzy i duszy. Żyję, ponieważ tego chcę. A więc i umieram, ponieważ... Ale mimo iż jest szalony, nie ośmiela się dokończyć zdania.

Tato już ze sto razy zadawał sobie pytanie, czy umarłem dlatego, że złosliwe, bezlitośne mikroby naprawdę nie dały mi żadnej szansy? Czy może w jakimś momencie przestałem mieć się na baczności? Może przez jedną minutę zmniejszyło się moje pragnienie życia? No i stało się! Tato zawsze wierzył, opierając się na dość niejasnej teorii, że wystarczyłaby jedna chwila braku czujności z jego strony, żeby przeważyły w nim siły śmierci. Chwila nieuwagi w życiu — i hop, wszystko skończone. Pozornie nie bardzo w to wierzył. Jednak coś wiedział na ten temat; są w nas, a na pewno są w nim, moce zdolne zniszczyć najbardziej odporne życie. Dlatego zastanawiał się, czy w tamtych dniach również ja, mniej lub bardziej świadomie, nie zostawiłem otwartych drzwi moim własnym siłom destrukcji.

Każdy dzień życia jest dla mojego taty, odkąd sięga pamięcią, decyzją o życiu. Stąd bez wątpienia bierze się jego witalność. Teraz, kiedy nie żyję, przy każdej sposobności wykrzykuje z szalonym entuzjazmem: „Niech żyje życie!". Musi to wykrzykiwać: „Niech żyje życie! *Fiat lux!*". Czy to ci pomaga, stary wariacie? Przy każdym zgonie rodzi się pytanie, co zrobiono lub czego nie zrobiono, by ktoś przeżył albo nie przeżył. Nasza własna śmierć będzie ostatnim, nieodpartym zresztą tego przykładem. Stale decydować o życiu, musieć codziennie na nowo podejmować tę decyzję, krzyczeć samemu diabłu: „Niech żyje życie!", aż do dnia, w którym zamilkniemy i umrzemy. Tato krzyczy w samotności. Umówiona przeze mnie wizyta u lekarza wyzwala w nim wszystkie szaleństwa. Co mi przyszło do głowy, że trzy tygodnie temu prosiłem o tę wizytę i zaryzykowałem śmierć?

Od kilku dni tato szedł dokładnie w przeciwnym kierunku, jakby uspokojony swoim szaleństwem. Rozpłakał się z radości, kiedy spojrzał na wskaźnik paliwa w moim samochodzie i stwierdził, że kilkanaście godzin przed śmiercią zatankowałem do pełna.

Pełny bak oznacza, że miałem jakieś plany. Podobnie dowodem na to, że chciałem żyć, była w jego oczach prenumerata dziennika „Le Monde", którą niedawno załatwiłem (pierwszy numer trafił do skrzynki na listy w Rennes nazajutrz po mojej śmierci). Chciałem czytać „Le Monde", gazetę codzienną, myślałem więc o życiu, czyż nie? Opłaciłem również studencki abonament do opery w Rennes. Nie załatwia się prenumeraty codziennej gazety ani abonamentu do opery, nie nalewa benzyny do pełna, kiedy chce się umrzeć. Straszna kostucha zaatakowała mnie znienacka, i to wszystko. I ani tata, ani mama, ani nikt nic na to nie mógł poradzić. Tato był już bliski przeświadczenia, że śmierć istnieje bez naszego udziału.

A teraz trach, wszystko, co dokładnie przejrzał, świadczyło, że naprawdę wybierałem się do przychodni uniwersyteckiej i miałem umówioną wizytę u psychiatry — wystarczyło zobaczyć wezwanie z nazwiskiem lekarza. Znalazłeś je dopiero po wielu godzinach, bo nie przejrzałeś wszystkiego uważnie. Czy nie jesteś trochę ślepy?

Pytanie następne.

Czy dzwonić do psychiatry? Ale co miałbyś mu powiedzieć? O wątpliwościach, czy warto żyć? Tato, czy chcesz mówić o moich wątpliwościach, czy o swoich?

Tato kręci się w kółko. Wróciły z ogromną szybkością jego dawne demony, osłabły siły życia. Zadzwoni do psychiatry, zapyta ją. Oczywiście, nawet jeśli ona coś wie o moim stosunku do życia i śmierci, i tak nie będzie mogła nic powiedzieć w tak osobistej, ściśle poufnej sprawie. Nie, nic nie powie, obowiązuje ją tajemnica lekarska. Jeśli jednak tato do niej nie zatelefonuje, będzie się wciąż nad tym zastanawiał. Poza tym chodzi tu także o niego samego. Postanawia zadzwonić nazajutrz rano.

W dzień mojej śmierci tato zwierzył się wieczorem Christine i Jean-Jacques'owi z dręczących go myśli. Oboje, Christine i Jean-Jacques, to poważni lekarze, naukowcy. Są bardzo serdeczni. Z płaczem zapytał ich: „Czy można podświadomie wybrać śmierć?". Jean-Jacques zawołał, że w tym wypadku nie ma o tym mowy, bakterie zaatakowały mnie niczym terroryści i dlatego umarłem. Zdarzyło się wielkie nieszczęście, nikt nic nie mógł na to poradzić, ty także. Wraz z moją śmiercią ujawniła się nasza bezsilność, i to wszystko.

Christine jako kobieta jest bardziej delikatna, lepiej rozumie szaleństwo taty, jego wątpliwości — może ja pozwoliłem bakterii, żeby mnie zabiła? Tłumaczyła mu, że wielu ludzi jest nosicielami bakterii, które wywołują *meningitis fulminans* — piorunujące zapalenie opon mózgowych. Dlaczego jednak właśnie teraz znalazły we mnie sprzyjające warunki? Co im pozwoliło tak nagle, z taką siłą rozwinąć się i zniszczyć moje życie? Nie mógł to być czysty przypadek. Może coś we mnie uległo temu potworowi, zrezygnowało z życia, poddało się śmierci?

Tato coś mamrotał. Tej niedzieli Christine w obecności taty głośno zastanawiała się nad przeczuciami staruszków, z którymi żegnasz się w piątek, mówiąc im: „Przyjemnego weekendu, do poniedziałku", a oni spokojnie odpowiadają ci: „Nic z tego, w poniedziałek nie będę już żył!". Wracasz w poniedziałek i okazuje się, że staruszek naprawdę umarł, wykitował. Poddał się. Światło zgasło.

W ostatnich latach tato często usiłował pozbyć się takich ostatecznych myśli, które go nie odstępowały. Nazajutrz po mojej śmierci wydawało się, że w końcu pogodził się z rzeczywistością. Odszedłem w tak młodym wieku przez zabójczą bakterię, która mnie zaatakowała. To wszystko. Jego szaleństwa nie miały sensu. Są rzeczy, które nam się wymykają. Do nich właśnie należy śmierć. Tato robił postępy w walce ze swoim wszechpotężnym szaleństwem. To wielkie nieszczęście spadło na niego jak bomba bez żadnej konkretnej przyczyny. Bo wszyscy musimy od czasu do czasu doświadczyć nieszczęścia. Śmierć zrównuje to, nad czym nie mamy żadnej kontroli.

Wierzył, że dowody na to znajdzie w moich dokumentach. Po raz pierwszy w życiu prowadziłem terminarz. Na najbliższe tygodnie pod datą dwudziestego siódmego października zapisałem koncert Radiohead na MCM, trzydziestego października spotkanie w Teatrze Narodowym Bretanii, koncert *live*, „na żywo", grupy rockowej w Châteaulin osiemnastego listopada oraz bez konkretnej daty odebranie zaświadczenia w sekretariacie wydziału. Miałem dużo do zrobienia przed śmiercią.

Jednak tego wieczoru, w drugim tygodniu sieroctwa taty, podstępnie odezwało się w nim znowu dawne szaleństwo. Rzadko kiedy aż tak dokładnie planowałem coś na przyszłość. I to była woda na jego młyn. Rzadko, naprawdę rzadko robiłem plany na przyszłość. Już samo to dało początek niezwykle absurdalnym pomysłom. Całkowity regres. A jeśli, tak naprawdę, planował to wszystko, żeby przeciwstawić się mrocznemu, głębokiemu pragnieniu śmierci. Jeśli wyczuł, jak wybuchają w nim nagle tajemnicze wątpliwości. Jeśli... Czy psychiatra, z którym postanowiłem się spotkać, albo ten kartonik znaleziony w szpargałach w moim biurku w Rennes nie świadczą o tym, że próbowałem powstrzymać w sobie pragnienie śmierci? A może było już za późno na te próby? Może nawet tak naprawdę nie chciałem walczyć? Czy może pozwoliłem na wybuch tej mikrobiologicznej bomby, żeby nie iść na spotkanie, które mogło okazać się dla mnie zbyt trudne? Dawne majaczenia taty ponownie wprawiły w ruch niszczący go diabelski młyn wątpliwości.

21

Kiedy on sam ponad czterdzieści lat temu poszedł na pierwszą wizytę do psychoanalityka, od razu zachorował na żółtaczkę. Gwałtowny atak choroby z pewnością został wywołany śmiertelnym strachem związanym z tą wizytą. Ostatecznie jednak nie umarł i rozpoczął kurację. Poszedł na spotkanie z psychoanalitykiem i dopiero w następnym tygodniu złapał żółtaczkę. Psychoanalityk powiedział mu: „Pańskie ciało bardzo gwałtownie reaguje", i oczywiście kazał sobie zapłacić za seanse, które się nie odbyły z powodu ataku żółtaczki. Potem przez siedem lat trzy razy w tygodniu tato poddawał się terapii psychoanalitycznej. Któregoś dnia psychiatra orzekł, że dobrze byłoby, gdyby tato znalazł inny sposób wyrażania emocji niż poprzez ciało, bo to go zabija. Tato ma zaburzenia psychosomatyczne. Przez całe życie jego ciało będzie usilnie walczyć ze stresem. Czy rak gardła, a następnie tarczycy są również objawami protestu ciała, które nie potrafi mówić? A zator płucny? Niewarte złamanego grosza terminy z psychoanalizy używane obecnie w życiu codziennym zawsze miały na niego duży wpływ, sugerując mu, że mógłby uciec w chorobę. Znajdował na to jedną odpowiedź: „Moje powroty do zdrowia to przecież także objawy reakcji ciała! Niech żyje życie!". To był jego refren. Psychoanaliza przynajmniej na to się przydała.

Wątpliwości ogarniają go mimo wszystko. Być może chodziłem do psychoanalityka już od dawna, ale nic o tym nie wspominałem, zwłaszcza jemu. Może miałem poważne problemy, a on widział w tym jedynie objawy grypy. Tatę nękały tysiące wątpliwości. Powinien był... Poddał się bezwzględnie żałobie i haniebnemu poczuciu winy. Coś takiego nazywa się wiecznymi wyrzutami sumienia.

Całą noc dręczy go obsesyjnie jeden problem. Rozważa go na wszystkie strony. Wciąż do niego powraca. A jeśli umarłem z powodu gwałtownej reakcji ciała? A jeśli podobnie jak on umierałem ze strachu na samą myśl, że mógłbym dopuścić do głosu podświadomość i pożądanie? A może ja także, jak wszyscy faceci w naszej rodzinie, w pierwszym rzędzie mój ojciec, nie umiałem wyrażać uczuć? Tato wyszedł z tego na jakiś czas dzięki psychoanalizie. Ale nie na zawsze. Tej nocy tato nie zaśnie.

Nazajutrz dzwoni do uniwersyteckiego centrum medycznego. Gdy się przedstawił, zanim jeszcze podał powód swojego telefonu, młoda kobieta o miłym głosie powiedziała od razu: „Chyba lepiej będzie, jeśli połączę pana nie z panią doktor Le Gouellec, ale z ordynatorem". W aparacie rozlega się muzyka. W pewnym sensie tato odczuwa ulgę, ale nie dzięki tej natrętnej melodyjce nadawanej w czasie oczekiwania, jak zwykle irytującej, lecz z powodu szybkiej reakcji telefonistki. Wyglądało na to, że spodziewano się jego telefonu i że wiedziano już o śmierci pacjenta, który nie przyszedł na umówione spotkanie.

Tato, dobrze się zastanów — jest jeszcze czas, żeby odłożyć słuchawkę, bo co mógłbyś powiedzieć? Chcesz poznać prawdę? A czy zastanowiłeś się nad tym, czy ja chciałbym, abyś ją poznał? Zresztą na większość pytań nie uzyskasz odpowiedzi. Mam nadzieję, że istnieje coś takiego jak tajemnica zawodowa.

Tato nie chce zrezygnować. Musi się dowiedzieć. Przynajmniej tego: „Czy mój syn, student, był zapisany na dwudziestego dziewiątego października na pierwsze spotkanie z psychiatrą?".

Przekraczasz, tato, granicę niedyskrecji. Co znajdziesz w życiu twojego zmarłego syna?

Po chwili w słuchawce odezwała się doktor Bernheim. A może Barnart? Bernin? Nie, to nazwisko kardiologa lub architekta. Tato nie ma odwagi prosić o powtórzenie. Decyduje się na nazwisko Bernheim — bardziej pasujące do psychiatry. Pani ordynator — okazuje się, że jest to kobieta — oświadcza tacie to, czego się zresztą obawiał, że nie może udzielić mu informacji. Tato nalega. Ona nieco ustępuje. Pozwala mu domyślać się, że miała to być pierwsza wizyta. Zresztą to oczywiste, bo terminy kolejnych konsultacji są uzgadniane bezpośrednio przez lekarza psychiatrę i jego pacjentów. Taki formularz jest sporządzany na pierwszej wizycie.

Co za ulga dla taty. Nie wpadłem więc jeszcze w łapy nieudolnych psychiatrów. Nie poddałem się trwającej miesiące psychoterapii, o której on nic nie wiedział. Przynajmniej to nie pogłębia jego poczucia winy.

Uznał, że nieszczęście przyszło z innej strony. No tak, ale co miałbym robić u psychiatry, jeśli nie rozmawiać o moich niepokojach?

Tato płacze bezgłośnie do słuchawki. Nic ci nie powiedziałem? Do licha, tato, to były moje problemy, nie twoje. Z całą pewnością nie powiedziałbym ci o nich.

Pani ordynator przerywa ciszę.

— Muszę panu powiedzieć, że choroba wywołana tego rodzaju bakterią nie ma nic wspólnego z terapią psychiatryczną!

— Jest pani pewna? — Tata reaguje zbyt żywo.

Milczenie. Pani doktor nie chce kłamać.

— Nie, nie jestem pewna niczego. Nie można być pewnym niczego. Medycyna nie jest sztuką doskonałą.

Pani doktor nie owijała w bawełnę, nie robiła uników, nie uspokoiła taty ani nie rozwiązała problemu.

Tato długo płacze po odłożeniu słuchawki. Medycyna nie jest sztuką doskonałą. Psychoanaliza także.

Chaos w głowie. Tato słucha Wagnera *fortissimo* z arii Erdy, matki parek i walkirii, która już nie może niczego słyszeć, widzi niczym na filmie epitafium odkryte wczoraj na grobie jakiegoś dziecka na cmentarzu w Ploaré: „Bóg zobaczył cię niespodzianie, pokochał i powiedział do ciebie: Chodź!". Ten potworny egoizm wprawił go we wściekłość. „Chodź! Porzuć dla mnie życie!". Bóg chrześcijan jest bezsprzecznie prawdziwym draniem. I przeznaczenie także.

Tato nieświadomie poddaje się tym rozważaniom, a przecież dobrze wie, jakie mieszkają w nim demony.

Zagubiony Wotan, pokonana Erda, Tristan w agonii. W głowie oszalałego z bólu taty kłębią się lejtmotywy wagnerowskiej opery. Jest ranek. Tato jak zwykle płacze.

*

Wołał: „Niech żyje życie!", ponieważ zawsze w nie wierzył, ponieważ ten stary głupiec pragnął piękna świata. Mimo to zamierza i teraz jeszcze wołać: „Niech żyje życie!", i nie dlatego, że w nie wierzy, ale raczej dlatego, że tak trzeba. W kostnicy, gdzie mnie położono, tato, chyba jeszcze bardziej zrozpaczony z powodu mojej śmierci niż moja dziewczyna

Marie, wyobrażał sobie, jak bierze ją w ramiona w lodowatym, już zimowym słońcu, i każe jej śpiewać: „Niech żyje słońce! Niech żyje słońce!", dokładnie w ten sam sposób, w jaki prowadzi śpiewaka na scenie. A ona, niepocieszona, płacze, szlocha, nie chce śpiewać. Jednak on nie ustępuje, sam także płacze, potrząsa nią, nalega. „Wykrzycz to, śpiewaj razem ze mną: Niech żyje słońce!". Obraca ją twarzą do błękitnego nieba, tyłem do domu pogrzebowego, wczepia się wściekle w swoje szalone uniesienie. Podskakuje, wyśpiewuje: „Niech żyje słońce! Niech żyje słońce! Mimo wszystko niech żyje słońce!".

W końcu ustąpiła, nieważne dlaczego. Żeby zrobić przyjemność temu śmiesznemu, oszalałemu z bólu staremu człowiekowi, który tańczy i wykrzykuje tuż obok trumny swojego syna: „Niech żyje słońce! Niech żyje słońce! Niech żyje słońce!". Ona także wołała przez łzy, niezbyt głośno, ale jednak: „Niech żyje życie!". Mówił sobie, że przeszczepił trochę prag-nienia życia w tę młodziutką dziewiętnastoletnią, załamaną wdowę, która nawet nie była mężatką.

poszukiwań znajduje wpisany czerwonym długopisem między fragmentami z Platona cytat z Pata Metheny'ego: „Sama muzyka może być pieszczotą". Dla mnie również muzyka była pieszczotą. Tato śmieje się w duchu: Muzyka, sztuka? Platon nie lubił jej zbytnio. Przemawiał tak do mnie, jakbym nadal był studentem filozofii. Trochę dalej znajduje moje bazgroły na marginesie: „Wyrzeczenie się — czego się wyrzekamy?".

Będziesz miał, tato, czego szukać w moich zeszytach przez wiele lat.

To, co ojciec dziedziczy po synu, to szereg niepojętych słów. Chaos myśli.

„Wyrzeczenie się — czego się wyrzekamy?". Wraca do tego zdania. Czy moja notatka ma ukryty sens? Z pewnością zanotowałem słowa profesora, jakie usłyszałem na wykładzie. O czym jednak ja myślałem, przenosząc je do moich notatek, nad wyrzeczeniem się czego kazała mi się zastanawiać ta uwaga profesora? Miłości? Życia? Tato, przestań! Bredzisz. Nie umiałem wyrzekać się niczego. W restauracji, kiedy musiałem wybrać coś z karty, było to dla mnie nie do zniesienia, czułem się sparaliżowany faktem, że kelner stoi cierpliwie, czekając z ołówkiem w ręku. Niekończąca się katorga. Jak wybrać miedzy pasztetem w cieście a ślimakami z Bourgogne? „Wyrzeczenie się — czego się wyrzekamy?". Tato, uważaj, śmierć sprawia, że wdajesz się w rozważania o najdrobniejszych głupstwach. Wiesz dobrze, że nie prowadzi to do niczego dobrego, wywołuje złe myśli, gorycz, żal, wątpliwości, złe wspomnienia.

Może niczego się nie wyrzekałem, a może wyrzekałem. I co z tego?

*

Mama nie przestaje szeptać poprzez łzy: „To niesprawiedliwe! To niesprawiedliwe!". Według taty słowo „niesprawiedliwość" nie jest tu odpowiednie. Jest niewierzący. Jeśli ma miejsce niesprawiedliwość, to niesprawiedliwie postąpił Bóg. Albo jeszcze gorzej — ktoś, kto zgodził się umrzeć, i tym kimś jestem ja. Tato nie może znieść słów mamy. Tu nie chodzi o niesprawiedliwość czy sprawiedliwość — to chaos. Tacie spodobałaby się idea, że ten kataklizm u nas wywołało trzepotanie błękitno-złotych skrzydeł motyla gdzieś na wyspach Pacyfiku. Nie można więc mówić ani o czyjejś winie, ani o niesprawiedliwości, jedynie o drganiu powietrza, po którym nastąpił ten wstrząs, o piorunującym zapaleniu opon mózgowych, które spadło na mnie niczym meteoryt.

*

Tato nie pojmuje, jak może mieć erotyczne sny w takim momencie. Umarłem zaledwie dwa tygodnie temu, on dziesięć razy na dzień płacze, każdego wieczoru zalewają go niezmierne fale rozpaczy. A oto w jego snach pojawiają się nagie kobiety, z którymi będzie się kochać. Wodzi pędzlem, malując piersi jednej z nich. Z inną kocha się na stojąco. Pewnej nocy jestem z nim i wszystko widzę. Jakaś kobieta kładzie się między nim i mamą. Doskonale bawiliśmy się w ten sposób. Kiedy byłem malutki, a także później uwielbiałem leżeć między rodzicami.

Każdego rana budziliśmy się zawstydzeni.

*

Jakieś osiem czy dziesięć dni przed moją śmiercią mama wróciła zmartwiona z rutynowego badania, mammografii. W jej lewej piersi wykryto małą torbiel. Zrobiono dodatkowe zdjęcie i wysłano je do Brestu. Na ostateczną diagnozę trzeba było czekać trzy tygodnie. Tato zaniepokojony. Martine G., zaprzyjaźniona pani ginekolog, zapewnia, że torbiele w tym wieku są rzeczą normalną, że trzeba je często kontrolować, i to wszystko. Pierre G. powiedział nawet, że nigdy nie należy operować zdrowej torbieli.

No, nie! Tylko nie to! Litości! Rak u mamy! Wraz ze śmiercią syna tato uwierzył, jak każdy zrozpaczony człowiek, że poznał najgorsze nieszczęście, jakie może się komuś przydarzyć. Błąd! Mogłyby go spotkać takie nieszczęścia, jak śmierć ukochanej żony, samotność, bieda, wojna, choroba, cierpienie fizyczne, klapa zawodowa i jeszcze inne katastrofy. Nie uważaj się, tato, za Tytusa Andronikusa, nie poznałeś tego co najgorsze. To, że twój jedyny syn właśnie umarł, nie jest jeszcze największym nieszczęściem. Jeszcze nie możesz triumfować.

Wyniki badań przyszły dziś rano. Negatywne. Mama i tato nie posiadają się z radości.

*

Tato odczuwa potrzebę odzyskania poczucia własnej wartości. Pragnie czułości, uśmiechu, podziwu. To silniejsze od niego. Nic mu się w tym momencie nie podoba, nic go nie pociąga. Czy żeby mieć poczucie własnej wartości, niezbędne jest posiadanie dzieci? Tato wczoraj wieczorem podzielił się tą myślą z mamą, stwierdził, że sensem jego życia, sensem jego świata był wektorowy porządek rzeczy i że ja stanowiłem początek i horyzont tego porządku. Teraz już nie wie, jaki jest porządek jego świata, jaki sens ma jego świat. Utracił zdolność postrzegania swego świata. Przekonywał mnie kiedyś mądrze, że przestrzeń i czas u Kanta odgrywały rolę programu komputerowego. I oto jego komputer się zawiesił, bo to ja byłem jego GPS-em, choć on nie zdawał sobie z tego sprawy.

Sens życia jest niczym innym jak wektorem, kierunkiem. A teraz strzałka jego busoli pokazywała próżnię.

Ależ nie, jest jeszcze ktoś — Martine! I to ma sens! „Niech żyje życie!". Tato odżywa. Nie na długo. Boi się. Dziecięcy strach, że ona go kiedyś opuści, że umrze przed nim, strach przed rakiem, strach, że ona już go nie kocha! Strzałka busoli obraca się niczym oszalała. Tato zdaje sobie sprawę ze swoich zależności.

Mama mówi mu: „Wiedz, że naprawdę nie będę miała ci za złe, jeśli zechcesz mieć dziecko z inną kobietą". Ale on tego nie zrobi.

*

Louise i tato spacerują wzdłuż portu. Louise próbuje pocieszyć tatę. Przekonuje go, że wizyta u psychiatry, na którą byłem umówiony, to była obietnica życia, znak, że chciałem żyć, podobnie jak znakiem była opłacona przeze mnie prenumerata „Le Monde" czy abonament do opery. Dzięki ci, Louise, za pomoc, jaką okazałaś tacie. Louise dodaje także, że każdy młody człowiek powinien udać się do psychiatry, aby porozmawiać z nim o tym, o czym nie może porozmawiać ani z rodzicami, ani z przyjaciółmi. Pewnie właśnie w tym celu tam się wybierałem, miało to być jakby pierwsze podsumowanie poszukiwań właściwych nastolatkom. Tato chciałby bardzo, żeby tak było.

Pozostają jednak tkwiące w nim namiętności. Inna fobia oślepia go w tym momencie — w ciągu ubiegłych kilku lat, a nawet tuż przed moją śmiercią, wystawił na scenie pięć lub sześć oper o śmierci. Raz nawet był to spektakl o żałobie po synu. Dlaczego? Skąd te ciągłe powroty do tematu żałoby? Teraz widzi w tym wszystkim uprzedzanie wypadków, zły omen. Istna tortura. Z jakiego powodu w 2001 roku, dwa lata przed tym, nim zachorowałem na zapalenie opon mózgowych, zamówił inną jeszcze operę, *Sumidagawa*, którą Susumu Yoshida właśnie komponował, mającą również za temat śmierć syna? Podświadomość krąży wszędzie. Tato ogarnięty jest swoim wariactwem.

Pójdzie ponownie zobaczyć się z psychiatrą.

*

„Jeśli pytacie, jak się czuję, co mam na to pytanie odpowiedzieć? Jeśli powiem, że nie czuję się dobrze, byłoby to wołaniem o pomoc. Odpowiem więc, że czuję się nieźle, nie jestem słaby, nie jestem niezdolny do pracy. Powinienem jednak być wobec was uczciwy i dlatego nie mogę powiedzieć, że czuję się dobrze, bo wcale tak nie jest. Po prostu nie czuję się źle i nie czuję się dobrze. Innym razem spróbuję dokładniej opowiedzieć o mojej żałobie. Ale nie dzisiaj".

Tymi słowami przemówił tato do swojej teatralnej ekipy, kiedy wrócił do pracy w poniedziałek.

*

Oczy taty nigdy nie wysychają. Jakby łzy, które tak szybko z nich wypływają, cały czas czekały w pogotowiu pod powiekami. W rezultacie jego oczy płaczą bezwiednie nawet wtedy, kiedy dusza nie wie, że płacze.

*

Minęły już dwa tygodnie od mojej śmierci. Tato obiecuje sobie, że następnego dnia zaniesie do pralni resztę mojej brudnej pościeli. Ale nie tego wieczoru, tylko nazajutrz. Mijają godziny. Nie może zasnąć. Tato otwiera iPhoto w swoim komputerze. Kolejne zanurzenie się w zdjęcia z mojego życia, oglądane bez końca każdego dnia.

Album *Ostatki 2003* — to ostatnie zdjęcia, które ja zrobiłem. Było to pół roku temu, na początku marca, podczas karnawału. Tato i mama mieli na sobie kostiumy ni to orientalne, ni to weneckie. Wyglądali w nich zabawnie. Śmiałem się, patrząc na nich z przyjemnością, przebranych, jaskrawo umalowanych, trudnych do poznania. Przebierać się jak dzieci — tego się nie robi w ich wieku! Całe Douarnenez świętowało ostatki, oni także. Ja nie chciałem się przebierać. Tato myśli teraz, że gdyby bardziej na mnie naciskał, pewnie bym wybrał jakiś kostium. Rzeczywiście, trzeba było mnie bardziej zachęcić. Ale wy nie mieliście odwagi. Trudno. Dla kogo zresztą miałbym się przebierać, dla mnie czy dla nich?

Album *Port w Douarnenez*. Dwudziestego czwartego października, w przeddzień mojej śmierci. Zdjęcia zrobione o świcie, przy cudownym wschodzie słońca przeświecającego przez mgły na plaży w Ris naprzeciw naszego domu. Zazwyczaj świt kojarzy się z nadzieją na przyszłość. Dziś nie ma już żadnej nadziei. Dla taty ten piękny świt jest straszny, nie zapowiada niczego dobrego, ani spokoju, ani bliskiej katastrofy. Tato ze złością przenosi album do kosza komputera.

Album *25 października 2003*. Nie można było czekać. Szpital zażądał, aby przenieść mnie natychmiast z oddziału intensywnej terapii, gdzie umarłem, do kostnicy, gdyż istniało zagrożenie szybkiego rozkładu ciała. Ponieważ moje ubranie było wygniecione, poplamione krwią, pocięte w pośpiechu nożyczkami, należało szybko mnie przebrać.

— Musicie państwo przynieść dla niego czyste rzeczy. Należy się spieszyć, bo za dwie godziny zamykamy kostnicę.

Rozumieją, że trzeba działać natychmiast, zanim moje ciało zesztywnieje. Niechętnie spełniają to polecenie. Okropna jazda tam i z powrotem między Quimper i Douarnenez, żeby czym prędzej wybrać dla mnie ostatnie ubranie. Jeszcze nie minęła godzina, kiedy umarłem, a oni już musieli szykować dla mnie pogrzebowy strój! Płacząc, łkając, załamani i zrozpaczeni tym, że jakby się już pogodzili z moją śmiercią, godząc się na przygotowanie dla mnie tego ubrania, przejechali samochodem dwadzieścia kilometrów, niczego po drodze nie widząc. W domu chwytają w pośpiechu mój niebieski sweter z kapturem, czarne spodnie do joggingu, czarne buty sportowe, czarne skarpetki, kalesonki (bo chyba nie jedzie się na cmentarz bez bielizny osobistej). A potem szybko z powrotem do szpitala. Tam czeka już na nich Lion. Powstrzymywane łkania, powrót do Quimper, dwadzieścia kilometrów przejechanych z oczyma oślepionymi łzami, co niewątpliwie stwarza zagrożenie na drodze. Lion już tam jest, Lion już tam jest, jakbym to ja na nich czekał.

Jak w tym całym zamieszaniu tato mógł pomyśleć o zabraniu aparatu fotograficznego? Zamiast ratować konającą dziewczynkę, paparazzi robi jej zdjęcie. Czy rzeczywiście tato zamiast płakać zamierza robić zdjęcia zmarłemu synowi?

Tego wieczoru tato wybiera pięćdziesiąt trzy zdjęcia z albumu *25 października*. Jest na nich moje ciało zeszpecone sinymi plamami wywołanymi przez chorobę. Pięćdziesiąt trzy zdjęcia z chwili, która stała się wiecznością dla mojego taty. Ohydne zdjęcia, zbyt okropne, żeby je oglądać. Fotografować w takim miejscu! Tato jednakże czyniłby sobie niekończące się wyrzuty, gdyby tego nie zrobił. Nie wie, jakie moce skłoniły go do tego, by skierować na mnie aparat, zamiast dalej głaskać mnie po twarzy w nadziei, że śmiertelny chłód nie opanuje mojego ciała. Złośliwe, wręcz diaboliczne moce zadrwiły sobie z niego. Ale teraz po mojej śmierci te fotografie stają się dla niego cenne. Tato retuszuje nieustannie zdjęcia, które, szlochając, zrobił na oddziale intensywnej opieki, gdzie nie zdołano przywrócić mnie do życia.

O tej samej godzinie od jednego krańca naszej planety do drugiego rzesze fotografów amatorów oglądają, podobnie jak mój tato, na ekranie swoich komputerów zdjęcia rodzinne. Milion, a może dwa miliony takich samych fotografów, użytkowników komputerów, rozrzuconych po całym świecie, kadrują, usuwają czerwone oczy, ustawiają, porównują, drukują... Najczęściej ci fotografowie amatorzy robią zdjęcia o własnym życiu — piękne obrazy, jakie ich otaczają, śmiech dziecka, słodycz pejzażu lub jego niezwykła siła, nowy samochód na najbliższą podróż, złota opalenizna ukochanej. Tato postępuje tak jak wszyscy. Jest zglobalizowany, nie jest oryginalny. A teraz wpatruje się w zdjęcia mojego zmaltretowanego chorobą ciała i czuje się bardzo samotny.

Kiedyś zamawiano gipsowy odlew ręki zmarłego, który potem umieszczano na kominku w salonie.

W dzisiejszych czasach robi się zdjęcia, segreguje się je i archiwizuje.

Wyglądam okropnie. Moja nagła śmierć jest jeszcze brzydsza niż śmierć w ogóle. To hobby taty jest chorobliwe. Kursor przemyka po ekranie. Tato stosuje skróty klawiatury, ustawia kontrast na zero. Znikam. Moje ciało leży nadal na stole operacyjnym i zmienia się w zjawę. Postanawia to zdjęcie zachować. Zatrzymuje się na innym — jest piękne. Opalone dłonie mamy obejmują moje ręce z sinymi paznokciami. To też trzeba zachować. Skadrowany mój lewy profil — zachować, profil prawy — zachować, zdjęcie jego własnej ręki, gdy głaskał moje czoło, które wkrótce miało stać się lodowate — zachować, zachować. Komputer przepuszcza zdjęcia niczym młyn, w zawrotnym tempie, jakie narzuca mu mój szalony tata. Co zachować?

Tym sposobem, poprzez kopiowanie i kadrowanie, z pięćdziesięciu trzech zdjęć, które w sali intensywnej terapii wykonał fotograf oszalały z miłości i nieszczęścia, zrobiło się sto pięćdziesiąt, dwieście pięćdziesiąt, pięćset winietek pieczołowicie obrobionych cyfrowo. Te wypracowane fotografie jakby się rozmnożyły. Tato pieści mnie za pośrednictwem pikseli.

Jeśli popatrzeć obiektywnie na działalność taty, można by powiedzieć, że handluje spopielonymi zwłokami. Film horror zrobiony przez amatora.

*

Tato nie spędza całego czasu przy komputerze. Nocami także dużo płacze.

Rozdział 2

W sobotę 25 października 2003 roku o godzinie 12, minut 17 i 54 sekundy rachunek w banku został pomniejszony o sumę stu trzydziestu jeden euro i siedemdziesięciu centymów. To oznaczało, że kwadrans po dwunastej w południe tato trzymał w ręku dokładnie osiemset sześćdziesiąt trzy stare franki, o czym informowała go faktura, którą otrzymał od kasjerki w Intermarché. Za cztery godziny miałem umrzeć, a on robił zakupy w supermarkecie.

Od tej pory naprawdę znienawidzi nieuniknione cotygodniowe zakupy. Już wcześniej nie cierpiał tego rodzaju miejsc z tandetną muzyką, produktami miernej jakości, z przemyślnie zaplanowanymi przejściami między półkami. Jednak chodził tam co tydzień. Sprzeczność dzisiejszych czasów. Przytłacza go świadomość, że stracił kilka ostatnich kwadransów, zamiast spędzić je przy mnie, dopóki żyłem. Teraz, za każdym razem, kiedy przekracza próg Intermarché, zdaje sobie w pełni sprawę z wagi straconego czasu, gdy śmierć zbliżała się do mnie galopem. On zaś nie był ze mną, ale w tym nijakim miejscu. W supermarkecie nie jest się razem z innymi ludźmi, a tym bardziej z tymi, którzy wkrótce od nas odejdą.

Jest przekonany, że w sobotę rano ogarnięty nagłą gorączką czekałem, aż on wróci z zakupów. Jakbym w tym momencie nie miał nic innego do roboty.

*

Tato popycha wózek, do którego załadował parę opakowań pizzy, zgrzewki coca-coli, sandwicze z szynką do grillowania i inne paskudztwa, których przecież nigdy już nie spożyję, ale on wziął je tylko

46

ze względu na mnie. Znowu sobie przypomina, że głupia gorączka przykuła mnie do łóżka poprzedniego wieczoru, i popycha idiotyczny wózek w tłumie klientów. Mama i tato dzielą często między siebie domowe obowiązki. Tato chodzi na targ, zanosi pranie do pralni, kupuje wodę mineralną, mrożone warzywa, produkty mleczne i tym podobne. Do mamy należy gotowanie. Czasami zamieniają się rolami. Ale nie tego rana. Tym razem tato nie ma szczęścia, to mama ma się mną zająć i zrobi to o wiele lepiej, niż on by to zrobił. Mam gorączkę, a ona opiekuje się mną, swoim małym dzidziusiem. Kiedy tato pozna szczegóły, zachwyci się skutecznością mamy w tych nieprawdopodobnych godzinach. Będzie nawet o to zazdrosny.

Mama jest bardzo niespokojna, jak zawsze, kiedy jej syn gorączkuje. Przekonuje samą siebie, że nie powinna wpadać w panikę, że już setki razy od dwudziestu jeden lat, od kiedy się urodziłem, zamartwiała się bez powodu. Mimo to denerwuje się. Stara się nad sobą zapanować, ukrywa przede mną swoje obawy, telefonuje do przyjaciół: „Lion ma wysoką

temperaturę, tak, wiem, teraz panuje epidemia grypy".
Dzwoni do lekarza dyżurnego — nikt nie odpowiada,
w sobotę rano w Douarnenez nikt nie dyżuruje.
Dzwoni do miejscowej przychodni. Gdy w końcu
uzyskuje połączenie, dowiaduje się, że lekarz przyjedzie za kilka godzin. Wtedy już będzie za późno.
Zrozpaczona wzywa pogotowie, ale oni mają za dużo
zgłoszeń, żeby zajmować się czyjąś gorączką, radzą,
by zadzwoniła do lekarza rodzinnego, ale jego także
nie ma. Mama czuje się zagubiona. Przyznaję się, że
naprawdę czuję się źle. Jest jedenasta trzydzieści.
Mama wpada w panikę.

Bierze po kryjomu, żeby mnie nie niepokoić, telefon
komórkowy i dzwoni do taty. Mówi, że mam wysoką
gorączkę, czterdzieści jeden stopni Celsjusza, że trzeba
iść czym prędzej do apteki i kupić lek na obniżenie
temperatury. Tato zostawia zakupy w supermarkecie
i staje w kolejce w aptece. Zdążył nabyć aspirynę,
kiedy mama dzwoni ponownie. Jej serdeczni przyjaciele doradzili, żeby kupić także lekarstwa homeo-
patyczne. Powiedzieli, że są bardzo skuteczne na
gorączkę i na grypę, na którą chorowali również ich

synowie. Tato wraca do apteki mimo totalnej pogardy dla homeopatii, homeopatów i wszystkich tego typu medykamentów (te uprzedzenia zawdzięcza swojej matce hołdującej od zawsze wszelkiego rodzaju medycznym przesądom, podczas gdy jego ojciec śmiał się z tego szyderczo, zazdrosny o szarlatanów, na których ona się powoływała. Oczywiście podzielał poglądy ojca). Tego dnia jednak bez wahania wraca do apteki i znowu stoi w niekończącej się kolejce. Nie ma wszystkich leków homeopatycznych, są na zamówienie. Tato nie rezygnuje i je zamawia. Racjonalny jak zawsze, wraca do supermarketu, by dokończyć zakupy. Fakt odwołania się do homeopatii umocnił go w przekonaniu, że skoro mają być stosowane leki szarlatanów, to i choroba jest urojona. Ale oto kolejny telefon od mamy. Minęło już południe. Głos mamy jest urywany, może to zakłócenia, a może wskutek stresu. Tato biegnie między towarami z okazyjną ceną dnia. Komórka odzywa się w dziale mrożonek. Nagle robi się bardzo zimno. Mama mówi, że sytuacja pogarsza się w błyskawicznym tempie. Na moich rękach pojawiają się sine plamy. Pogotowie zgodziło się w końcu przyjechać. Tato potrzebny jest natychmiast. Biegnie więc do kasy, ośmiela się prosić, by go przepuszczono. Sześć osób usuwa się na bok, tato chce zapłacić, ale karta nie działa, błąd w kodzie. Tato wystukuje go jeszcze raz. Znowu błąd. Tato myśli, żeby zostawić wózek. Denerwuje się. Skąd te sine plamy na moich rękach? Przychodzi mu na myśl absurdalne podejrzenie. Kokaina? A może zaszkodziło mi jakieś paskudztwo w rodzaju halucynogennych grzybków?! Mylą mu się cyfry. Niedobrze. Ponieważ ten kod nie działa, podaje kartę bankomatową teatru — karygodne naruszenie przepisów, ale trudno, zwróci potem, tylko żeby o tym nie zapomnieć, sprawa jest pilna — wystukuje czterocyfrowy kod, no, udało się. Teraz musi jak najszybciej przeładować zakupy do bagażnika samochodu, ruszyć, pokonać ulicę Jean--Jaurès, minąć pędem położony nad morzem cmentarz w Ploaré, na którym spocznę w następnym tygodniu.

Przyjechawszy do domu, wbiega po dwa stopnie naraz do mojego pokoju. Mama mówi, że pogotowie będzie lada moment. Szepcze, żeby mnie nie prze-straszyć. Tato podchodzi do łóżka. Uśmiecham się do niego. Całuje moją rękę. Jestem wyczerpany, ale podnoszę wzrok i widzę niepokój na jego twarzy. Moje spojrzenie dodaje mu otuchy. Mama mówi, że trzeba się spieszyć. Wezmą mnie na nosze. Należy szybko poodsuwać krzesła, stół, wszystko, co mogłoby przeszkadzać sanitariuszom. Tato puszcza moją rękę. Zbiega do garażu, opróżnia bagażnik, układa zakupy w lodówce i zamrażalniku. Wydaje mu się, że przygotowuje w ten sposób mój powrót ze szpitala jeszcze tego wieczoru, wciąż wierzy, że syn, zdrowy i wygłodniały, wróci do domu. Tak spędził dziesięć minut z dala ode mnie. Następne trzy zajęło mu przestawienie samochodu, żeby karetka mogła zatrzymać się tuż przed drzwiami domu. Tato wraca, zwija szybko dywan, żeby sanitariusze nie potknęli się o niego. Zaczyna kasłać od kurzu. Szuka papierowej chusteczki. Pół minuty. Usuwa wszystkie krzesła z holu, otwiera szeroko wszystkie drzwi, zapala światła na schodach, odsuwa pudła z nutami. Dwie minuty. Tato przygotowuje przyszłość, myśli o czasie, kiedy będę już zdrowy.

Taty nie ma przy mnie przez ponad piętnaście minut, nie ma go w moim pokoju, jest myślami gdzie indziej. W sposób typowy dla mężczyzn myśli o wszystkim, tylko nie o tym, co jest teraz, kiedy ja umieram.

W końcu wraca biegiem do mojego pokoju. Całuje moją rękę, głaszcze prawą nogę, na której pojawiła się właśnie sina plama. To pierwsza plama, jaką widzi na moim ciele. Jest zaskoczony tym nieznanym mu symptomem. To coś poważnego — myśli. Na ulicy słychać syrenę, przyjechała karetka pogotowia. Tato zbiega pędem, by otworzyć drzwi. Lekarka w białym kitlu wchodzi na górę. Widząc mój stan, nie ma wątpliwości. Odciąga tatę na bok i mówi: „Stan jest ciężki, bardzo ciężki". Dla mamy i taty to jak uderzenie obuchem. Nie zdawali sobie z tego sprawy. Teraz już wiedzą. Na twarzy lekarki widać niepokój, prawie panikę. Na jej polecenie sanitariusze zakładają maski i gumowe rękawiczki. Jak podczas wojny atomowej.

W poniedziałek było nam jak w raju. Wczoraj wieczorem pojawił się strach. Teraz to totalna katastrofa. Tato podchodzi do mojego łóżka i pochyla się nade mną. Głaszcząc długo moją nogę, szepcze:

— Nie daj się, synu. Nie daj się.

*

Pięć dni temu, w poniedziałek dwudziestego października, transmitowano w telewizji mecz. Obaj wykorzystaliśmy tę okazję, żeby do późna w nocy wymieniać się uwagami przez telefon, on z Douarnenez, ja z Rennes. Rzadko nam się zdarzało rozmawiać w tak bezpośredni sposób. Mówiliśmy o meczu, o futbolu angielskim. Rozmowa szybko schodzi na sprawy poważne. Tato mówi o życiu, o filozofii, o wyraźnym związku między nimi, o którym tak rzadko wspomina się w książkach, może całkiem świadomie, jakby „idee filozoficzne nie miały nic wspólnego z życiem". Tato uważa, że większość komentatorów, dyrektorów, urzędników i nawet artystów postępuje tak, jakby sztuka, teatr, muzyka, malarstwo nie miały wiele wspólnego z życiem. Niewykluczone, że tego właśnie pragną — świata wyimaginowanego, istniejącego obok tego, co realne. Dowodem na to, jego zdaniem, jest formalizm, konceptualizm, strukturalizm i wszystkie pozostałe „izmy" rozwijające się od trzydziestu lat w zależności od mody. Ważne osobistości wprowadzają w obieg własne przesądy, i dzieje się tak we Francji od lat siedemdziesiątych ubiegłego wieku. Tato wścieka się na ludzi o ciasnych poglądach. „Na całe szczęście geniusz przebije się przez wszystkie miernoty". Tato stara się nie być za bardzo drętwy, kiedy zaczyna mówić na swój ulubiony temat. Ale to mu się nie udaje. Denerwują go artyści, którzy przemawiają tylko do artystów, wykłady z filozofii, których tematem jest tylko historia myśli, oraz błyskotliwe, a czasem wręcz dla nas śmieszne gry intelektualne. „Filozofia to sposób życia". Tato wymyśla światu czystych form i słusznych idei.

Tato ma na uszach słuchawki, ja nie. Moja słuchawka robi się gorąca.

Tato domyśla się, że czuję się trochę zagubiony na studiach. Wmawia sobie także, że zapewne miałem problemy w sprawach miłosnych. Takie rzeczy zdarzają się w moim wieku. Porzuca temat idei i zwierza mi się, jak wyglądały te sprawy w jego życiu. Telefon, chociaż rozgrzany do czerwoności, pomaga nam znaleźć nić porozumienia. Zostawiwszy futbol, muzykę i filozofię filozofii, tato opowiada w końcu o sobie, o swoich miłościach, wzlotach i upadkach. Żeby w ten dyskretny sposób przekonać mnie, że i w moim życiu będą wzloty, a także upadki, które trzeba przyjąć z pokorą. Używa metafor, mówi, że

trzeba zrobić ten jeden krok przez „ciasną bramę".
(Wziął to wyrażenie z tytułu powieści Gide'a, którą
czytał, gdy był w moim wieku, ja zaś czytałem tylko
jej streszczenie, będąc w liceum). Ciasna brama —
trudno się przez nią przecisnąć. Człowiek myśli, że
nie da rady, kiedy jednak udaje mu się, dochodzi do
wniosku, że cholernie posunął się do przodu. Takiego
właśnie użył słowa — „cholernie".

W ostatni w moim życiu poniedziałkowy wieczór
nakłaniam tatę, by kontynuował ten temat. Nie boję
się. To coś nowego między nami. „Tato, mów dalej".
Był bardzo wzruszony, niemal zdziwiony, że jestem
tak otwarty, uważny. Radość, dreszcz radości. W następnym tygodniu będzie nieco przestraszony, kiedy
sobie o tym przypomni. Z nastolatka stawałem się
dojrzałym mężczyzną. Którego ojca nie wzruszyłby
taki poważny dialog z synem? Tato napawa się tym.
Ja również. Tato leży na łóżku jak zawsze z trzema
poduszkami pod głową, ja, dwieście kilometrów od
niego, wygodnie wyciągnięty na moim łóżku. Pełne
porozumienie. Rozmowa będzie trwać ponad półtorej
godziny. W perspektywie ogromny rachunek, ale płaci

tato, który się tym nie przejmuje, bo ważniejsza jest dla niego ta rozmowa.

Umrę za niecałe pięć dni. Oczywiście żaden z nas o tym nie wie. Jednak już po mojej śmierci tato, daleki od rozsądnego rozumowania, będzie się zastanawiał, czy rozmawiając z nim przez telefon w ten poniedziałek już czegoś nie przeczuwałem. Byłem taki otwarty, taki chętny do słuchania... Czy nie przekroczyłem już wtedy ostatecznego brzegu? Oczywiście podświadomie. Czy nie tkwiło już we mnie coś, jakaś molekuła, mikrob, bakteria, coś bardzo maleńkiego na granicy stanu fizycznego i niematerialnego, co wiedziało, że śmierć zamieszka w moim ciele?

Żaden z nas nie przygotował się na taki finał. Błogi spokój tej miłej rozmowy w poniedziałkowy wieczór. I już postępujący, niewidoczny proces śmierci.

*

Cztery dni później, w piątek, dwudziestego czwartego października, o północy. „Pomóż mi, synku, pomóż mi!". Tata wije się z bólu przy moim łóżku.

Narzeka na plecy, co mu się często zdarza. Czuje tylko ten ból, chociaż przed chwilą spadła mu na głowę klapa bagażnika, gdy wyjmował zakupy zrobione pospiesznie w sklepie spożywczym. Większe zakupy w supermarkecie miał zrobić następnego dnia rano. Na głowie ma niezły guz. W dodatku męczy go migrena. Zrzędzi, jest zły, że mu się coś takiego przydarzyło. Bardzo go boli. Niepokoi się moim milczeniem. Niedobra atmosfera. Moje złe samopoczucie rozchodzi się po całym pokoju.

— Pomóż mi, powiedz, jak mogę ci pomóc! Jeśli uważasz, że mówienie o tym, co cię dręczy, może ci coś dać...

Mamroczę, że nie. On jednak powtarza swoje. Błagam go, by nie nalegał.

— Później, jutro, nie teraz. Kiedy zaczynam myśleć, mam zawroty głowy.

Tata wreszcie zamilkł. Szczera atmosfera z ostatniego poniedziałku odeszła w siną dal. „Zawroty głowy", „jutro", „później". Te moje słowa utwierdzają go w głupich przypuszczeniach, że jestem w bardzo złym stanie psychicznym. Nagle wyobraża sobie, że porzuca mnie dziewczyna, a ja nie chcę się przyznać, że nasza piękna miłość to już przeszłość. Może się tak zdarzyć, ale to ich sprawa, myśli tato i milknie.

Tato ma za sobą trudne chwile. Pogrąża się w rozważaniach. Wmawia sobie, że najlepszą drogą do mojego wyzdrowienia jest to, żebym pozwolił sobie na płacz, a przede wszystkim żebym coś mówił, zamiast poddawać się wysokiej gorączce, łamaniu w kościach, wszelkiego rodzaju dolegliwościom. Zupełnie jakby cytował święte słowa psychiatrów. Tato nic z tego nie pojmuje, ja także. Wie tylko, że umieram, że jestem zgubiony.

Idę do łazienki, gdyż mam mdłości. Kiedy wracam do pokoju, nadal nie chcę rozmawiać. Tato powstrzymuje się od komentarza. Siada na moim łóżku, głaszcze mnie po głowie. Oddycham ciężko, z trudem, bardzo gwałtownie. Z miną, jak gdyby nic złego się nie działo, próbuje zbadać mój puls na nadgarstku, ale mu się nie udaje. Wobec czego, żeby mnie nie niepokoić, próbuje sprawdzić puls na szyi, jakby mnie głaskał. Szuka po omacku tętnicy, naciska palcami coraz mocniej, w końcu znajduje. Trochę

mnie to boli, ale nie za bardzo, mruczę coś z nieza-
dowoleniem. Około stu czterdziestu uderzeń na minutę, to jak *Marsylianka* w zbyt szybkim rytmie, dla
której metronom powinien wskazywać sto dwadzieścia
wahnięć na minutę. Tato myśli, że to częstoskurcz,
jaki czasami miewa mama. Nic dziwnego, że z takim
trudem łapię oddech. W końcu jakieś wskazówki —
mój puls, choć przyspieszony, jest regularny, zapewniam go, że nie czuję bólu w piersiach i że nie boli
mnie głowa. Kierując się logiką całkowitego ignoranta
w sprawach medycyny, tato wyklucza chorobę serca
czy też zapalenie opon mózgowych. Uważa, że nie
może to być nic innego jak tylko depresja lub grypa.

— Gdzie cię boli?

Mruczę coś pod nosem, nie chcę odpowiadać na
jego pytania, nie chcę, żeby cokolwiek robił. Nie
zgadzam się na wezwanie karetki pogotowia. Nie chcę
jednak być sam. Daję mu to do zrozumienia. Tato
zostaje, odczuwając ulgę. Jest jakiś kontakt ze mną.

Kiedy jako dziecko chorowałem na grypę, miałem
zapalenie ucha wewnętrznego lub dolegliwości żołąd-
kowe, kładł się wieczorem przy swoim małym synku,
ale nie zasypiał, tylko czuwał nade mną. Lubiłem to.

W dzień była przy mnie mama. I to także lubiłem. Teraz, chociaż mam już dwadzieścia jeden lat i nie jestem dzieckiem, wracamy do tego dawnego milczącego rytuału rodzinnego — on będzie czuwał w nocy. O świcie dyżur przejmie mama, a tato wyjdzie zrobić zakupy przed przyjściem lekarza, którego w końcu wezwali. Jednak jutro będzie inaczej, bo ja umrę. Nigdy nie przestaną roztrząsać tych ostatnich dwunastu godzin, kiedy to on trzymał mnie w nocy za rękę, a mama od rana wszędzie dzwoniła. Oboje podejrzewali zatrucie narkotykami, miotani odwiecznym niepokojem, tak charakterystycznym dla wszystkich rodziców.

Tak więc był to nasz ostatni wspólny wieczór, choć tego nie wiedzieliśmy. Tato układa się obok mnie na niewygodnym, skrzypiącym łóżku. Głaszcze mnie delikatnie po głowie. Proponuje, że będzie spał przy mnie jak kiedyś, kiedy byłem mały. Nie zgadzam się. Ustępuje. Potem będzie miał do siebie o to żal. Gdyby nalegał, może bym się zgodził. Niczego by to nie zmieniło, ale on zachowałby gorzkie wspomnienie nocy spędzonej przy ciepłym ciele syna. Spełniłby obowiązek, który dawał mu szczęście. Tymczasem tato będzie wciąż wspominał z bólem tę chwilę, kiedy z powodu zmęczenia i bólu głowy odszedł od mojego łóżka, powtarzając sobie w myślach: No, pomóż mi, synu, powiedz, jak mogę ci pomóc. Dziś ma poczucie winy, że nie rozumiał moich sprzecznych reakcji. W myślach powtarzał sobie coś w tym rodzaju: Oby Lion nie był do mnie podobny, oby umiał wyrazić słowami niepokój i rozpacz, żebym nie musiał się zastanawiać, co mu właściwie jest. Prawdę mówiąc, była to złość ojca na siebie samego. Potem nagły zwrot, tato już nie wyrzeka, wstaje i patrzy na mnie. Z czułością. Siada na skraju łóżka, głaszcze mnie po ręce, po nodze. Złość minęła, powinien mnie brać takim, jakim jestem, każdy cierpi, jak potrafi, nie ma po co interpretować moich symptomów. Tato usiłuje po prostu być ze mną, nic więcej, tylko to. Robi postępy. To nie takie łatwe w rodzinie.

Tato kładzie się przy mnie. Chce oddychać w tym samym rytmie co ja. Najpierw bardzo szybko. Zaczyna od moich stu czterdziestu uderzeń serca na minutę. Żeby się ze mną zgrać, znacznie przeciąża swoje serce sześćdziesięciolatka. W końcu wchodzi w mój rytm i kiedy wydaje mu się, że oddychamy razem, powoli się uspokaja. Przejął mój oddech i po chwili chce, żebyśmy się wymienili, żeby jego rytm stał się moim. Poddaję się jego woli, czuję bardzo ścisły z nim kontakt. W ten sam sposób tato dyryguje na scenie śpiewakami. Zależy mu na tym, by znaleźli wspólny rytm, język, melodię. Wtedy dyrygowanie staje się przyjemnością.

Pozwalam sobą kierować. Przez dobry kwadrans panuje między nami absolutna więź. Tacie udaje się zmierzyć mi puls. Spadł do dziewięćdziesięciu uderzeń na minutę. Naprawdę się uspokaja. Nie masz zawrotów głowy, spadku ciśnienia?

— Nie, czuję się lepiej. Nie jest mi już tak zimno.

Nawet się odkrywam, jest mi teraz ciepło i nie męczą mnie mdłości. Tato uważa, że to dobry znak. Nie jestem już tak niespokojny. Głaszcze mnie po nodze, zasypiam. Tato jest przekonany, że to jego zasługa. Wychodzi po cichu do swojego pokoju.

Pół godziny później mam silne torsje. Tato przybiega, jak tylko mnie usłyszał. Sypialnia rodziców jest na piętrze tuż nad moim pokojem. Nie było to takie oczywiste, że usłyszy cichy odgłos wymiotowania do kuwety. Widać nawet we śnie był czujny. Kiedy zszedł na dół, zdążyłem wypluć z siebie parę kropel jakiegoś płynu, nic konkretnego. Tato zawsze w takiej sytuacji odwracał się z obrzydzeniem, tym razem uważnie się przygląda. Zastanawia się, czy nie zażyłem jakiejś niebezpiecznej substancji, na przykład halucynogennych grzybków, o których z obojętną miną wspomniałem kilka dni wcześniej po powrocie z Amsterdamu. (Skłamałem, że byłem w Reims). Od razu zadał mi wtedy pytanie:

— Paliłeś? Brałeś coś niebezpiecznego?

Jego pytania złoszczą mnie za każdym razem, kiedy pojawia się między nami problem narkotyków. To temat tabu. Palacze nie lubią, kiedy się o tym mówi.

— Ależ skąd, przysięgam. Jestem wykończony, co innego mi w głowie!

Odesłałem go do diabła. Tato nie śmie teraz do tego wracać. Zwyczajne rodzinne kłamstewka.

Znowu wymiotuję, a tato ponownie bada zawartość kuwety. Mógłbym powtórzyć, że niczego nie brałem, bo tym razem była to prawda. W ten sam piątek, po powrocie pociągiem z Rennes, byłem umówiony o osiemnastej w klubie ping-ponga w Quimper. O dwudziestej pierwszej dojechałem samochodem do Douarnenez i odbyłem kilka rozmów telefonicznych. Potem, około północy, nastąpiło załamanie, ogromne zmęczenie, ból w całym ciele, wymioty, silna gorączka. Nic więcej. Nie tylko narkotyki, o których niechętnie mówimy, mogą być przyczyną poważnej choroby.

Znowu wlokę się do toalety. To tylko dziesięć metrów, ale posuwam się z wielkim trudem, jestem cały mokry. Idę tak wolno, że ojciec może pomyśleć, iż afiszuję się z moim cierpieniem. Czuję wyjątkowe osłabienie. Jednak, jak zawsze, nic nie mówię. Tato, zbity z tropu, nie zorientował się, że tym razem wcale się nie zgrywam.

Gdybym idąc do toalety, co kosztowało mnie tyle wysiłku, osunął się na podłogę i zemdlał, tato zrozumiałby, że nie odstawiam komedii, że dzieje się ze mną coś naprawdę złego, że moje milczenie nie jest grą. Wymusiłby na mnie, żebym zgodził się wezwać dyżurnego lekarza, może zabrano by mnie do szpitala, może odkryto by na czas zabójczego mikroba. Tak się właśnie stało niedawno w Breście. Student w moim wieku, dwadzieścia jeden lat, taka sama wysoka temperatura, takie same bóle w całym ciele. Banalna infekcja. Ale on zemdlał. Przyjaciele wpadają w panikę, wiozą go do szpitala. Badania niczego nie wykazują. Tylko skąd ta gorączka? Ponieważ jest późna pora, a on omal znowu nie zemdlał, ubierając się, zatrzymują go w szpitalu na obserwację, tak na wszelki wypadek. Nazajutrz rano, po przebudzeniu, ma znowu wysoką temperaturę, taką jak ja będę miał następnego dnia. Ale jemu się poszczęściło. Internista przeprowadza badanie, mierzy ciśnienie, puls, temperaturę, osłuchuje — „niech pan zdejmie koszulę" i nagle dostrzega na ciele chorego małe sine plamki, podobne do krwiaków. Już wie. Zapaliło się czerwone światełko alarmowe. To nie jest banalna, zwyczajna gorączka, to bardzo poważny, rzadki przypadek *purpura fulminans* — plamicy piorunującej, pięćdziesiąt lat temu nazywanej piorunującym zapaleniem opon mózgowych. Sytuacja bardzo poważna, wielkie zagrożenie życia, niezwykle zakaźna choroba, konieczne odosobnienie w izolatce, kroplówka z antybiotykiem, sala reanimacyjna i tak dalej. Student zostanie uratowany.

Ja tego wieczoru nie mdleję, kiedy idę do łazienki, żeby wymiotować. Jestem zbyt silny. A raczej staram się trzymać formę. Może zresztą zabójcza bakteria działa we mnie bardziej podstępnie. Tak więc wracam do pokoju na chwiejnych nogach i ponieważ nie chcę, żeby tato wyciągał jakieś wnioski, żeby mnie o cokolwiek pytał, bez słowa kładę się z powrotem do łóżka.

Gorączka nieco spadła. Rozbieram się, zostaję w T-shircie i długich szortach, nie zdejmuję skarpetek. Odpoczywam. Daję znak tacie, żeby wymasował mi brzuch. Nigdy jeszcze go o to nie prosiłem. Waha się. Szepczę więc:

— Wymasuj mi brzuch, tak jak fizjoterapeuta.

Tato myśli, że oto potwierdziły się jego przypuszczenia — jestem niespokojny, mam ściśnięty żołądek przez te telefoniczne rozmowy, które mnie wzburzyły, albo zdarzyło mi się coś niemiłego na wydziale. Kiedy on wybiera się do fizjoterapeuty, znaczy to, że ma bóle, albo że coś jest nie tak z seksem, z pisaniem, z reżyserią. A więc u mnie musi być podobnie. Tato brnie od jednego głupiego pomysłu podyktowanego intuicją do drugiego.

Wsuwa rękę pod mój podkoszulek i nie patrząc, masuje mi brzuch. Zresztą w pokoju panuje półmrok, światło razi mnie w oczy. Tato jest zachwycony, że może znowu masować brzuch swojego dwudziesto-jednoletniego syna. Wspomnienie ojcowskiej opieki, którą mnie otaczał, odkąd się urodziłem. Teraz jednakże tato czuje się zaniepokojony. Zazwyczaj masaże robiła mama. Muszę się rzeczywiście źle czuć, skoro proszę go o masaż, chociaż on nie robi tego najlepiej.

Boli mnie w okolicy przepony. Ruchy jego ręki sprawiają, że czuję się nieco lepiej. Ale to nie wystarcza. Proszę go, żeby podłożył drugą rękę pod moje lędźwie. Tato jest zaskoczony. Uważa, że jest to technika stosowana przez kręgarza, że służy jedynie do diagnostyki. Podnieść kolana pacjenta leżącego na plecach, wsunąć dłoń pod jego pośladki. Dłonią dotknąć kości krzyżowej i palcami przesuwając po kręgosłupie przekazywać energię — coś pośredniego między uprawianiem czarów i leczeniem klinicznym. Choć jest głęboko przekonany, że to nic nie da, spełnia moje prośby. Żeby mi dać do zrozumienia, że mogę go prosić o wszystko, o co tylko zechcę. Żebym rozumiał, że on mnie kocha.

Ponieważ leżę w poprzek łóżka, a jego boli głowa i plecy, niewprawnie wsuwa rękę pod moje pośladki. Nie jest to wygodna pozycja ani dla mnie, ani dla niego. Długie milczenie. Zdecydowanie nie chce mi się rozmawiać. Tato nie przerywa ciszy, to dobra cisza. Próbuje ostrożnie zmienić położenie ręki pod pośladkami. Bezskutecznie. Próbuje jeszcze raz. W końcu udaje mu się. Układam pośladki na jego ręce i odprężam się. Staję się ociężały. Zasypiam. Tato czeka. Długie, długie słodkie minuty, kiedy mnie kołysze. Dopiero po dłuższym czasie wysuwa delikatnie rękę, starając się mnie nie obudzić, bo tak smacznie śpię. Waha się, ale nie, nie musi zostawać, jest już lepiej. Śpię spokojnie. Biały T-shirt, długie beżowe szorty, czarne skarpetki — tak ubrany umrę. Tato idzie do swojego pokoju, żeby zażyć środek przeciwbólowy, i kładzie się z uczuciem ulgi.

Jakże będzie żałował nazajutrz i każdego następnego dnia, że nie został przy mnie z ręką podłożoną pod moje pośladki!

*

Tato wspomina ostatnie słowa, jakie wymieniliśmy ze sobą, zanim umarłem owej soboty dwudziestego piątego października. Kiedy ułożono mnie na noszach, na których zabierano mnie do karetki i do szpitala, usiadł obok mnie, głaszcząc moją nogę

— Nie poddawaj się, chłopcze, walcz, nie pozwól zwyciężyć chorobie — powiedział.

Bezużyteczne rady. Niedawno, kiedy wrócił z supermarketu, mówił, żebym się trzymał. Teraz mówi, że nie wolno mi przegrać. Sens ten sam, ale to tylko słowa. Jak trener, który stojąc przy narożniku ringu, daje dobre, ale nieskuteczne rady, bo bokser nadal dostaje po głowie. Jednak, już przed samym nokautem, ręką musnąłem go po włosach. Pocieszałem trenera, chociaż to on powinien był dodawać mi sił.

— Nie pozwól zwyciężyć chorobie.

Mówił do mnie zdławionym głosem. Słyszałem jego szloch i uśmiechnąłem się, jakbym chciał go uspokoić. Tato już na zawsze będzie miał do siebie żal i będzie sobie czynił wyrzuty, że mówił do mnie z drżeniem w głosie, że zabrakło mu niezbędnej w takiej chwili energii. W decydującym momencie zachował się patetycznie. Ohydny, sztuczny patos jak na scenie. Wszechmocny tato chciałby umieć rozkazać chorobie, aby się cofnęła. Jakby te zabójcze bakterie, które metodycznie mnożyły się w moich naczyniach krwionośnych, mogły być mu posłuszne. A on tylko potrafił drżeć z miłości, z czułości. Jego słowa, pieszczoty nie były rozkazami, lecz sentymentalnymi, beznadziejnymi prośbami. Ma o to do siebie żal.

Tato wypomina sobie i inne rzeczy. Zamieszanie w domu. Wszędzie sanitariusze, walkie-talkie, z których słychać wezwania ze wszystkich stron, pielęgniarze w białych kitlach i kombinezonach, którzy kręcą się po moim pokoju, kroplówka, nosze, na których mnie zabierają, torba lekarska, maski ochronne na twarzach. Tato zajął się szykowaniem przejścia dla sanitariuszy z noszami. Dlaczego nie poświęcił tych ostatnich minut, żeby popatrzeć na mnie, pogłaskać, rozmawiać ze mną? To, że tak starannie przygotował wolną drogę dla noszy, wcale mnie nie uratowało, a tylko oddaliło go ode mnie.

Śmierć to machina napędzająca przeróżne żale.

Ma do siebie żal o coś poważniejszego. Lekarka z pogotowia podchodzi do mojego łóżka i pyta o imię, nazwisko, wiek, datę urodzenia, adres. Odpowiadam. Ona odwraca się i zadaje te same pytania tacie, który obsesyjnie myśli o zrobieniu przejścia. Lekarka zadaje te pytania tylko po to, żeby sprawdzić, czy dobrze na nie odpowiadam. Jestem przytomny, świadomy, odpowiadam prawidłowo. Jestem tak przytomny, że słyszę, jak rozkojarzony tato odpowiada, przekręcając daty. To on się myli, tak jest zdenerwowany. Mówi, że urodziłem się 21 kwietnia 1982 roku, zamiast powiedzieć, że mam dwadzieścia jeden lat i urodziłem się 19 kwietnia 1982 roku. Lekarka notuje. Według niej nasze odpowiedzi zgadzają się, z niewielką różnicą. To dobry znak — jestem przytomny. Jednak w oczach taty ta drobna różnica jest katastrofalna. Jest zły na siebie za ten błąd, szybko się poprawia.

— Chciałem powiedzieć, że syn ma dwadzieścia jeden lat, a nie że urodził się dwudziestego pierwszego kwietnia. On urodził się dziewiętnastego kwietnia, a nie dwudziestego pierwszego...

Jednak lekarka już go nie słucha. Dzwoni do szpitala w Quimper na izbę przyjęć, żeby przygotowali się na przyjęcie mnie. Wyjaśnia, że „chory jest przytomny", i tym podobne. Dla niej drobne przejęzyczenie nie stanowi żadnego problemu.

Tato denerwuje się na myśl, że usłyszałem, jak on się pomylił w mojej dacie urodzenia, która dla rodziców (sprawców tego faktu) nabrała świętego charakteru. 19 kwietnia 1982 roku, godzina 17.17. Minuta, w której przyszedłem na świat, była najważniejszym momentem w jego życiu mężczyzny. Płacz wcześniej mu nieznany, nieopisana radość, a przede wszystkim ogromne wzruszenie na widok nowego życia.

Już wkrótce, za trzy godziny, tato miał przeżyć drugą najważniejszą chwilę w życiu — moją śmierć.

Usłyszałem jego pomyłkę. Tato z trudem przesuwa szafę w kąt mojej sypialni z uczuciem wstydu za ten błąd, jakby sprzeniewierzył się miłości do mnie,

jakby mówiąc dwadzieścia jeden zamiast dziewięt-
naście, wyrządził mi wielką krzywdę.

Sanitariusze przekładają mnie na nosze. Jest ich
sześciu, w wysokich butach. Materac łóżka trzeszczy,
skrzypi, ale wbrew wszelkim oczekiwaniom wytrzy-
muje. (Już od lat mówiło się o tym, żeby go wymienić.
Nazajutrz po mojej śmierci rodzice wyrzucą to łóżko,
które, zanim stało się moim, służyło im, a więc łóżko
radości i miłosnych uniesień). W momencie, kiedy
sanitariusze z noszami kierują się ku schodom, tata
chwyta mnie za palec u nogi — tylko tyle udało mu
się zrobić w tym pośpiechu.

— Do zobaczenia, kochany synu. Trzymaj się.

Uniosłem z lekka prawą rękę w uspokajającym
geście i uśmiechnąłem się. Ostatni sygnał, jaki odebrał
ode mnie, to ten uśmiech. Dobre i to.

Jesteśmy już na ulicy. Tato nie wsiada ze mną do
ambulansu, posłuszny zakazowi sanitariusza, by nie
wkraczał na ich teren. Zajęła się mną lekarka. Dlaczego był mu posłuszny? Mimo to, stojąc już na
jezdni, nachylił się i pogłaskał mnie po nodze. Nic

więcej mu się nie udało. Dostęp do mnie zagradzał sanitariusz.

Tato długo będzie roztrząsać te niezliczone minuty, które zmarnował, czekając na ambulans, zamiast być ze mną w moim pokoju, przy łóżku, a potem w karetce. Tak samo kiedy był w supermarkecie, kiedy wstawiał samochód do garażu, kiedy robił porządek w korytarzu, na schodach, w mojej sypialni. Co się z tobą działo, Michel, że zajmowałeś się takimi rzeczami, zamiast być z nim? Powinien tam być koniecznie.

Wolny przejazd przez Cornouaille. Ambulans jedzie na sygnale. Za czerwonym wozem fioletowy samochód rodziców, którzy drżą z niepokoju. Dwadzieścia niekończących się kilometrów jazdy bezpośrednio za karetką.

Tato nie zanotował numeru rejestracyjnego wozu, za którym jechał na ślepo drogą departamentalną. Później za każdym razem, mijając „mój" ambulans, tato będzie odczuwał chęć, by wejść do niego i zobaczyć na własne oczy wszystko to, co widziały moje oczy podczas tej półgodzinnej jazdy. Chętnie pogłaskałby nawet karoserię tego ambulansu stojącego na ulicy w Douarnenez, tym razem bez koguta na dachu. Ten relikwiarz na kółkach także pobudza go do płaczu.

Przyjazd do szpitala, izba przyjęć. Wyciągają mnie z ambulansu. Tato znowu wykonuje ten sam gest, głaszcze moją nogę, macha ręką, uśmiecha się. Wydaje mu się, że jakoś na to reaguję. Nie jest tego pewien, ale chce wierzyć, że tak właśnie było.

Nosze na kółkach pędzą szybko w kierunku sali reanimacyjnej. Przez wahadłowe drzwi wjeżdżam w korytarze o jasnozielonych ścianach. Zupełnie jak w telewizji: pośpiech, krótkie polecenia, bieganina. Peleton posuwa się sprintem, ja na czele z nogami do przodu. Nagle sanitariusz zamyka drzwi, moje nosze toczą się dalej do sali reanimacyjnej, a tato i mama zostają po drugiej stronie przeznaczonej dla członków rodziny. Koniec wspólnej drogi.

Tato zobaczy mnie dopiero za ponad godzinę, ledwie żywego, oddychającego tylko dzięki aparaturze. Sprawiam wrażenie, że jeszcze żyję, ale to tylko dzięki rurce w ustach, którą wchodzi i wychodzi

75

powietrze; nie jest to jednak już moje powietrze, ani moje życie, to życie aparatu.

Moje ciało jest zmaltretowane, żyły nabrzmiałe, jestem tak siny, jakbym został skopany.

— Nie trzeba — mówi do chirurga Christine, przyjaciółka rodziny, lekarz pediatra, która zajmowała się mną, gdy byłem nastolatkiem. — Nie ma sensu go reanimować, to niepotrzebny, bolesny wstrząs dla serca. Ciało i mózg uległy już takim uszkodzeniom, że gdyby nawet wyżył, byłby jak roślina.

W rzeczywistości już nie żyłem i tylko dzięki aparaturze wydawało się, że jeszcze oddycham. Lekarze byli tak uprzejmi, że wezwali mamę i tatę, zanim mnie odłączyli. Tato i mama mogli myśleć, że płaczą jeszcze przy żywym. To oswoi ich z moją śmiercią. Oddycham coraz wolniej, jakbym się uspokajał. Dziesięć minut później aparatura przestaje działać, leżę cicho, bez jednego choćby tchnienia, bez oznak życia. Oficjalnie umarłem o godzinie szesnastej siedemnaście.

*

Mój synu! Mój synu! Mój synu! Byłem twoim synem, tato. Słowa, które ciągle powtarzasz, stają się modlitwą, błaganiem. Skierowanym do kogo? Były to słowa życia, a teraz są to słowa twojego bólu. Mój synu! Mój synu! Mój synu! Niespodzianie ty, ateista, przypominasz sobie Jezusa w Getsemani. Przypominasz sobie jego słowa: „Ojcze, dlaczego mnie opuściłeś?". Tym razem to nie ojciec opuszcza syna, lecz odwrotnie. Ty zostajesz opuszczony. Zagubiony, nieszczęśliwy. Mój synu! Mój synu! Mój synu!

W ten nieszczęsny wieczór tacie przypomni się kantata Bacha: *Heute, heute...* „Dzisiaj, dzisiaj, znajdziesz się przy mnie..." — mówi Bóg. Podły ten Bóg, który zabiera najdroższych. Mimo to tato śpiewa bezgłośnie: *Heute, heute...*

Rozdział 3

Dzisiaj każdy człowiek ma pogrzeb,
a to dzięki zarządzeniu policji; ale
my, pozostali poganie, mamy także
obowiązki wobec naszych zmarłych.

PROSPER MÉRIMÉE

Lipiec 2003 roku, trzy miesiące przed moją śmiercią. Zasmuceni śmiercią przyjaciela artysty tato i mama pojechali do krematorium. Gdy dotarli do Carhaix, ustawili samochód na parkingu dla gości, pieszo przeszli pięćdziesiąt metrów i w tej samej chwili zajechał samochód pogrzebowy z ciałem Simona. Tego dnia nawet przez sekundę nie pomyśleliście, że wrócicie tu w tak krótkim czasie, tym razem nie jako goście, ale jako główne osoby dramatu. Taka możliwość nawet nie przyszła wam do głowy. Czegoś takiego nie da się nigdy przewidzieć.

Jednak w czasie tego pogrzebu, chociaż nie zdawaliście sobie z tego sprawy, zdobyliście oboje już pewne doświadczenie. To rzadki przywilej.

Prawdę mówiąc, ceremonia zaczęła się dwie godziny wcześniej w domu pogrzebowym. W Quimper jak i gdzie indziej jest to nijaka nowoczesna budowla na obrzeżach miasta. Dom pogrzebowy to coś bardzo banalnego — ni to świątynia, ni dom mieszkalny, nie ma w nim nic uroczystego ani zwykłego, nic sakralnego, nic miłego. Ściany z grubego kamienia, wystrój jak w kościele, papierowe witraże w tandetnym stylu przyklejone na szybach okiennych. Tania budowla o łacińskiej pompatycznej nazwie: funerarium. Ta nazwa robi wrażenie. Budynek z zewnątrz dyskretny, wciśnięty między garaże i domy z wysokimi fasadami.

Członków rodziny witają dwaj karawaniarze w ciemnych garniturach, w ciemnych okularach, z poważnym wyrazem twarzy, oficjalnie smutni, bardzo profesjonalni. Cicho grająca muzyka klasyczna: Mozart, Pachelbel. Szepty. Trumna z ciałem Simona stoi w sąsiednim pomieszczeniu. Nikt poza rodziną nie ma obowiązku oglądać trumny. Nie ma obowiązku oglądać zmarłego z bliska. W ceremonii pogrzebowej przewidziano najdrobniejszy szczegół. Tato w głębi duszy drwi z tego wszystkiego.

Mama i on oczywiście weszli do sąsiedniego pomieszczenia. Na wieku zamkniętej trumny położyli bukiet kwiatów wraz z pożegnalnym listem do ich scenicznego brata. Tak jakby miał go on przeczytać! Tacie, trochę jednak zaniepokojonemu, nadal mimo jego woli przychodziły na myśl uwagi nie zawsze w dobrym guście. Tato odczuwał pewien niepokój. Na szczęście zachował te komentarze dla siebie. Skupia się na tym, co ważne w tej sytuacji. Razem z mamą stoją długo przy trumnie Simona. Można by rzec, że się modlą. Tato i mama są naprawdę wzruszeni. Simon wiele znaczył w ich życiu. Dotykają drewna trumny — ostatnia pieszczota oddana Simonowi.

Nieco później tato zostaje sam na sam z Jean-
-Pierre'em w sali z trumną. Zwracają się nagle do
siebie twarzami i ze łzami w oczach ci dwaj hetero-
seksualiści obejmują się po raz pierwszy w życzliwym
cieniu Simona niczym geje. Tato i Jean-Pierre nigdy
dotąd nie wyznali sobie, że się tak kochają. Przy
wyjściu ci dwaj niepoprawni ateiści-anarchiści na
dowód szacunku dla tradycji wpisują się do księgi
kondolencyjnej. Mówią sobie, że robią to dla Catherine
i bliźniaków.

Następnie kondukt samochodów jedzie od funerarium do krematorium, z Quimper do Carhaix, siedemdziesiąt trzy kilometry, godzina drogi. Szybkość jak
zazwyczaj przy takich okazjach. Jadący autami oddają
się medytacjom — o życiu, o śmierci, o Simonie,
o samobójstwie, o sztuce, która wypaliła tego człowieka, o dzieciach. Dojazd do Carhaix. Krematorium.
Znowu banalna budowla na obrzeżach miasta. Karawaniarze z ponurymi minami jak w Quimper. Ta sama
odpowiednia do sytuacji muzyka. Kiedy nadjechał
karawan, tłum przyjaciół wszedł do środka, by pożegnać zmarłego.

Zmiana tempa. Dla rodziców ta lekcja robi się trudna — obrządek pogrzebowy Simona osiągnie szczyt śmieszności. Mistrz ceremonii trzyma przed sobą na pulpicie wydrukowany przebieg uroczystości. Ma czuwać nad całością wydarzeń. Musi odpowiednio namaszczonym tonem wypowiedzieć stereotypowe słowa. Nie ma mowy o żadnej pomyłce. Ale tego dnia nastąpi zakłócenie przebiegu ceremonii jak w jakimś podłym teatrze. Jeśli bogowie chcieli cię, Simonie, ukarać, to im się udało, twój pogrzeb zmienił się w błazenadę.

Mistrz ceremonii jest roztargniony albo nie nadaje się do tej roli. Kiedy zaczął: „Zebraliśmy się, by uczcić pamięć naszego drogiego...", okazało się, że zapomniał sprawdzić wcześniej imię. „Drogiego... hm...", kim jest dzisiaj nasz drogi zmarły? W końcu jakoś wybrnął z kłopotu, ale jego wahanie i zerknięcie na kartkę były aż nadto widoczne. W ostatniej sekundzie dokończył: „...by uczcić pamięć naszego drogiego Simona".

Tato jest wstrząśnięty, ale jednocześnie dobrze się bawi.

Kulminacyjnym punktem ceremonii miało być podniesienie kurtyny. Za nią miała się ukazać w pełnym majestacie trumna ustawiona przez karawaniarzy na katafalku frontem do widzów, jak to się mówi w teatrze, w całej swej nieszczęsnej wielkości. Absolutny banał, ale ma ładnie wyglądać — trumna zawsze robi wrażenie. Dyskretnym ruchem mistrz ceremonii włącza nagranie z głośną muzyką organową. *Toccata d-moll* Jana Sebastiana Bacha. La sol laaaa! Sol fa mi re do, reeee. Ruszyła, potężny pedał, akord subdominanty szóstego stopnia, dysonans, rozdarcie, fermata, rozwiązanie: wspaniała sakralna muzyka. Obecnych przenika dreszcz. Wszyscy się temu poddają. Znowu dyskretny ruch ręki mistrza ceremonii pod pulpitem uruchamia podnoszenie zasłony przy grzmiących dźwiękach muzyki. Tyle że...

Tyle że tutaj kurtyna to zwykła brama garażowa z blachy pomalowanej na szary żałobny kolor, kawał żelastwa, który odchyla się do tyłu jak na wszystkich parkingach. Prawdopodobnie nikt nie zwraca na to uwagi, bo tak silne wrażenie robi pojawienie się trumny. Jednak tego dnia podczas ceremonii pogrzebowej Simona mechanizm żelaznej kurtyny zacina się. Rozlega się niestosowny w tym momencie hałas, zgrzytanie zakłócające potężne organy, drgania, czkawka, kurtyna zatrzymuje się w połowie. Konsternacja. Widać jedynie połowę trumny, całkowicie nieudany efekt, klapa spektaklu. Mistrz ceremonii naciska nerwowo kilka razy guzik pod pulpitem. Bez skutku. Pryska uroczysty nastrój, słychać głupie śmiechy żałobników — przyjaciele Simona to nie są zwykli ludzie. Zza kulis wyskakują pracownicy tego przybytku i znikają. Wprawiają mechanizm w ruch i kurtyna w końcu się podnosi. Staje się to jednak za późno, bo w tym całym zamieszaniu mistrz ceremonii dopuścił do tego, że skończyła się *Toccata* Jana Sebastiana Bacha i rozległa się nieprzewidziana w programie fuga. Sol, fa, mi, re, i tak dalej. Zdenerwowany mistrz ceremonii wyłącza gwałtownie płytę CD. Przerwany trzeci motyw fugi, trudno. Ceremonia wraca w swoje tory.

Wszystko to jest groteskowe, mistrz ceremonii, muzyka, kurtyna, cały ten spektakl. Gdyby nie to, że płakali, mama i tato śmialiby się na cały głos. „Lekcja numer jeden — mruczy pod nosem tato — nie ufać bandzie ze złego teatru. Lekcja numer dwa: dzisiejsi przedsiębiorcy zrobią wszystko, co się im zleci, nawet taki idiotyczny spektakl". Tato czuje się niepewnie. Jak, będąc ateistą, można uczestniczyć w takim przedstawieniu, które on otwarcie nazywa błazenadą? „Laicy nie mają zaufania do czegoś takiego. Duchowni usiłowali przybliżyć ludziom śmierć poprzez łacinę, kadzidło, echo w katedrach, cień piekielnych płomieni, nadzieję ostatecznego odkupienia. Teraz pozostał tylko bezład, strach, negacja wszystkiego. I stosy zdjęć". Dzięki tej beznadziejnej ceremonii tato zrewidował do głębi swoje poglądy przed wielką mową z okazji mojej śmierci.

Każdy szczegół pogrzebu jest potwornie groteskowy, od sztywnej postaci mistrza ceremonii i sposobu, w jaki bez żadnej finezji manipuluje symbolami, aż do naprawdę beznadziejnej muzyki, która wszystko zatruwa, nawet wybrane piosenki, bo „lubił je zmarły". Wspaniałego Toma Waitsa i Beatlesów bezlitośnie połączono na syntezatorze z *Ave Maria* Gounoda i *Eine kleine Nachtmusik* Mozarta, nie zapominając na końcu ku ogólnemu zaskoczeniu o muzycznym motywie z jakiegoś telewizyjnego serialu. A wreszcie płatki plastikowych kwiatów, żeby wszyscy żałobnicy mogli je rozsypać „niczym deszcz" na trumnie, „oddając ostatni hołd zmarłemu". Koszmar. Tato nie wie, czy ma wymiotować z obrzydzenia, czy płakać ze śmiechu. Będąc filozofem, wybrał drwinę ze złego gustu i hipokryzji.

Śmieszności uniknęło tylko to, co było czystą improwizacją — przemowy i śpiewy najbliższych przyjaciół Simona.

Ostatnie etapy tandetnego widowiska. Kurtyna opadła tym razem bez przeszkód. Za nią słychać było, jak karawaniarze przenoszą trumnę do krematoryjnego pieca. Muzyka oczekiwania, płaskie interludium, jak w latach sześćdziesiątych podczas awarii nadajnika telewizyjnego. Kolejny punkt programu będzie zarezerwowany tylko dla kilku najbliższych osób — „pięć, maksimum sześć, bo na więcej nie ma tam miejsca". Mistrz ceremonii zaprasza, żeby przez coś w rodzaju oszklonej rozmównicy więziennej obejrzeli, jak trumna wjeżdża do pieca. Catherine idzie pierwsza, za nią czwórka jej najbliższych, żeby po raz ostatni spojrzeć na trumnę. Prawdę mówiąc, w drodze od kostnicy do

krematorium wciąż widzi się coś ostatni raz —
złożenie zmarłego do trumny, zamknięcie wieka,
potem ciężka trumna stoi w krematorium, a teraz
wsunięta jest już do pieca, w którym spala się ciało
kochanej osoby. Cały ciąg ostatnich obrazów, aż nie
ma już nic więcej do oglądania.

Piec zamyka się, mistrz ceremonii rozpyla w głębi
gaz. Huczenie, odległe echo piekieł. Rodzina Simona
wychodzi z „rozmównicy" wstrząśnięta. Moment
wsunięcia zmarłego do paleniska jest strasznym prze-
życiem. Zaraz potem zaczyna się rytuał składania
kondolencji. Długa kolejka oczekujących, cicho szep-
tane słowa, uściski, pocałunki, łzy, dużo łez. Tato
mówi sobie w duchu, że łzy są zawsze szczere, nawet
wtedy, kiedy wyciska je żałobne wzruszenie. Często
nie wiadomo, dlaczego ten czy tamten płacze, może
płacze nad samym sobą. A zresztą, czy to ważne?
Tato, spokojny, wciąż filozofuje na swój górnolotny
sposób. Zmarły, ceremonia, znikająca trumna każą
nam zastanowić się nad własnym życiem przed
przekroczeniem tego co nieuniknione. Życie wkrótce
wróci do normy, jak gdyby nic się nie stało, ale mimo

wszystko pozostanie problem, dreszcz, wahanie, znikający cień, a może tylko cień cienia. Tato niemal pogodzi się ze śmiercią.

Wkrótce będzie musiał po raz drugi zastanawiać się nad nią.

Uściski przedłużają się w nieskończoność. Tato w ciszy oddaje się swoim rozważaniom. Przedtem... Kiedy byłem małym chłopcem, używałem słowa „niegdyś" i moja mimowolna emfaza rozśmieszała go. On teraz mówi „przedtem" (kiedy będzie zdziecinniały, zacznie używać określenia „w czasie", co nie będzie wcale lepsze od słowa „niegdyś"). Przedtem — rozmyśla dalej ojciec — w mojej młodości, kiedy słyszano dzwon żałobny, kiedy kondukt wychodził z kościoła, wszyscy na ulicy przystawali, kobiety robiły znak krzyża, mężczyźni zdejmowali kapelusze. Podobno neapolitańczycy dotykali dyskretnie trzy razy swoich jąder. Ten szczegół zafrapował tatę, zawsze sobie o nim przypomina, a poza tym lubi podrapać się w tamtym miejscu. Pokora, przesądy, jednakże życie zatrzymywało się na moment. Dzisiaj śmierć w szpitalu nie wywołuje prawie żadnego wrażenia. Minimum ceremonii, krematorium, pogrzeb gdzieś na odległym przedmieściu. Tacie wcale nie podoba się takie banalizowanie śmierci. Gdyby brał ślub w kościele, chciałby, żeby grały wtedy organy. Będąc ateistą, niemal żałował, że nie będzie miał do tego prawa na swoim pogrzebie.

Jesteś, tato, trochę staroświecki.

Z ogrodu otaczającego krematorium, gdzie tłum przyjaciół składa niemające końca kondolencje, tato rzuca okiem na wystający nad budynkiem komin — żadnego tłustego dymu ani żadnego smrodu, to nie Auschwitz. Potrzeba prawie dwu godzin, żeby ciało Simona i trumna zamieniły się w popiół. Niespodzianie spada ulewny deszcz. Grupa żałobników chroni się w barze naprzeciwko. Piją coś ze smutkiem na twarzach, w obowiązkowym w tej sytuacji milczeniu, słychać jedynie głosy znudzonych dzieci, potem snują półgłosem wspomnienia, opowiadają jakieś błahe historyjki. Tato odnajduje dawnych kolegów. Kawał czasu... itp. Po dwóch godzinach pojawia się jeden z karawaniarzy z odpowiednią miną, trzymając w rękach kartonowe pudełko obite ciemnoniebieskim aksamitem. Gorące jeszcze od prochów Simona wręcza Catherine, jego partnerce. Tato zastanawia się w duchu, gdzie tego wieczoru urna zostanie postawiona. W holu? Na nocnym stoliku? Obok telewizora? Nie jest łatwo poradzić sobie ze śmiercią i nie zagubić się między sacrum i profanum. A gdzie ty ustawisz za trzy miesiące urnę z moimi prochami? Przekonasz się sam, że nie jest to prosta sprawa.

Po ceremonii w krematorium w Carhaix spotkanie w Quimper z rodziną i przyjaciółmi. Tam dopiero dołączam do rodziców, na stypę, jak się to mówi. Udział w kremacji budził we mnie niechęć. Simon zaczął pracować z ojcem, kiedy miałem siedem lat. Któregoś dnia podarował mi swój album ze znaczkami. Jakiś czas uzupełniałem jego kolekcję, gdyż chętnie zbierałem różne rzeczy, również znaczki. Nie lubiłem jednak ich porządkowania. W końcu wymieniłem album na spodenki drużyny Monako i stałem się fanem piłki nożnej. Przyjechałem na stypę, bo bardzo lubiłem Simona. Taka stypa to ciekawa rzecz, zaskoczyły mnie śmiechy pomieszane z płaczem, opychanie się jedzeniem, muzyka, papierosy i alkohol, wzruszające wspomnienia i beznadziejna rozpacz. Stypa jest w stylu Simona, bardzo go przypomina. Chaos, zamieszanie, a potem jeszcze wyuzdany taniec. Tato, szczęśliwy, że przyszedłem, tłumaczy mi, że ten rozgardiasz jest niczym życie, które próbuje po śmierci toczyć się dalej, naprawić to, co się w nim nie udało. Nic z tego nie pojmuję. Dobrze się bawię.

Alkoholu było dużo.

Trzy dni po kremacji Simona w Carhaix ma miejsce ostatni publiczny akt, po którym nastąpi dla Catherine i bliźniaków niekończący się czas prawdziwej, samotnej żałoby w domu. Niewielka grupka zgromadzona na cmentarzu w Penhars, w sektorze kolumbarium. Jestem tam również tego rana, nie wiem dlaczego. Pogoda upalna. Dwóch karawaniarzy w dżinsach i w lekkich koszulach wkłada urnę do niszy i zacementowuje ten minigrobowiec. Stoimy tam przez kilka chwil. Wszystko odbywa się bardzo szybko. Koniec ciągu ceremonii.

*

Dla mamy i taty na razie koniec pogrzebowych doświadczeń. Za trzy miesiące przyjdzie kolej na mnie.

Rozdział 4

Nigdy nie można powiedzieć, że miało
się dziecko, ma się je na zawsze.

MARINA CWIETAJEWA

Sobota 25 października 2003 roku. Machina po-grzebowa rusza natychmiast po tym, jak wydałem ostatnie tchnienie. Tato i mama nie zdążyli jeszcze opuścić sali reanimacyjnej w szpitalu, a już muszą wejść w rytm, który im się totalnie wymyka. Myślą, że są wciąż ze mną, a tymczasem każą im zająć się moim zniknięciem. Nie chcą tego, ale nie mają wyboru, buldożer pogrzebowy już sunie do przodu. Dokumenty, stan cywilny, ubezpieczenie, uroczystość pogrzebowa: koszty, organizacja, reżyseria, dekoracje, kostiumy, muzyka, drewno trumny, przewiezienie ciała z kostnicy do krematorium i na cmentarz, przyjęcie dla rodziny, przyjaciół, prasy... Wszystko musi być zorganizowane w ciągu kilku godzin. Przeżywacie bardzo trudne chwile, ale musicie szybko podejmować decyzje. Przytłoczeni ogromnym smutkiem, rodzice ustępują, bo potworna machina podąża swoją drogą. Ku czemu? Nie chcą tego, ale zmierzają ku mojemu grobowcowi.

Gdy tylko przekraczają próg kostnicy, wyłania się balsamista, który proponuje zająć się moimi zwłokami za 275 euro. O czym on mówi? Dozorca kostnicy stara się im to wyjaśnić. Rodzice nic nie rozumieją. Ten nalega, wręcza im prospekt: „Po tym zabiegu będzie się wydawało, że zmarły jakby śpi... twarz pozbawiona okropnej pośmiertnej sztywności będzie miała godny, spokojny wygląd...". Ale reklama! Tato bąka pod nosem: Co robi ten fryzjerczyk? Staranny makijaż, wieczny, spokojny uśmiech? No nie, nic z tego, mamy pozwolić, żeby zmieniono zsiniałe ciało naszego syna w operetkową kukłę? Dwie oszołomione istoty wpadają w panikę na obcej sobie pustyni

93

kostnicy. A potem kolejna refleksja: „Co oznacza ta cena 275 euro TTC? Oczywiście TTC znaczy łącznie z podatkiem! To nie pora, żeby spierać się o zwrot kosztów za upiększenie zwłok!". Tato się odwraca. Balsamista? Nigdy przedtem nie słyszał tego słowa, coś między przewoźnikiem przez Styks a fircykiem z plaży. Ogarnia go gniew: aż 275 euro, czy to nie oszustwo? Ile może kosztować makijaż zmarłego? Zamieszanie. Tato płacze. Mama również. Roztrzęsieni zastanawiają się, co mają zrobić. Dozorca kostnicy czeka. Jest do tego przyzwyczajony. Codziennie widzi, jak ludziom wali się świat. Stara się pomóc, uspokaja, na tym polega jego praca, jest cierpliwy, niemal serdeczny — kostnica już nie nazywa się kostnicą, ale salą zmarłych, brzmi to mniej odpychająco. „Oczywiście ostateczna decyzja należy do państwa. Trzeba być jednak realistą. Jest sobota wieczór, a 275 euro to opłata weekendowa. Jutro jest niedziela. Można by poczekać do poniedziałku i zwrócić się do konkurencji, żeby przygotowała kosztorys i dokumenty. Proszę mi wybaczyć, ale biorąc pod uwagę szczególny przypadek choroby, która spowodowała śmierć państwa syna, jego ciało może ulec gwałtownemu rozkładowi. Przepraszam. (Cisza). Lepiej byłoby nie czekać. (Znowu umilkł, dając im czas, żeby przetrawili te informacje). Proszę mi wierzyć, że ten balsamista zna się na swoim fachu". Nagły zwrot, w tej sytuacji tato i mama podpisują zlecenie. Żałoba jest szkołą realizmu. Realizm może być śmiertelny. Tato już nie wie, co ma myśleć.

Najgorsze jest to, że zaraz po słowach następują fakty, balsamista zabiera zwłoki i odchodzi. „Jeszcze nie!" — woła tato. Na próżno. Balsamista już znika z moim ciałem gdzieś w korytarzu. Słychać tylko odgłos kółek szpitalnego wózka na lśniącej podłodze kostnicy.

Kiedy moje ciało wraca do sali zmarłych numer siedem, ma wymuskany wygląd, nogi ułożone prosto pod białym prześcieradłem owiniętym wokół talii, głowa na poduszce. W niczym nie przypominam tego, którego widzieli dwie godziny temu w sali reanimacyjnej, gdzie usiłowano przywrócić mnie do życia. Jestem ubrany w czyste rzeczy, które przywieźli z Douarnenez. Uszanowano moją twarz zeszpeconą sinymi plamami wywołanymi piorunującym zapaleniem opon mózgowych. W prospekcie napisane było, że balsamista opóźni rozkład ciała, dzięki czemu „uniknie się problemów związanych z higieną, takich jak wycieki, przykre zapachy". Tato nie ma odwagi popatrzeć z bliska. Czy balsamista zakleił mi szczęki? A co z otworami w moim ciele? Tato nie pyta. Myśli ze strachem, jak to będzie z nim, zwłaszcza z powodu zębów, wzdryga się, wyobrażając sobie, co się czuje, gdy się ma sklejone zęby. Jakby zmarli coś jeszcze czuli! Ciało, które mają teraz przed sobą, zimne i sztywne, to jednak ich syn, piękny za życia i zeszpecony przez śmierć, jedno i drugie jednocześnie. Wyglądam co najmniej dziwnie. Balsamista poszedł na kompromis, oddał ciało, które było do zaakceptowania.

Mama nie akceptuje. A ty, tato, akceptujesz? Nie. Tak. Nie. Tak. Tato jest niezdecydowany.

W poniedziałek masa kolejnych decyzji do podjęcia. Ubranie zmarłego? Już postanowili, że będzie to codzienny strój. Problem następny — data pogrzebu? Oboje udzielają tej samej idiotycznej odpowiedzi.

— Możliwie jak najpóźniej!

Pracownik zakładu pogrzebowego decyduje, że będzie to pojutrze. Kolejna ważna kwestia — pochówek do ziemi czy kremacja? Rodzice spoglądają po sobie. Cisza. Ta cisza będzie bardzo długa. Przede wszystkim mama i tato nie mogą zdecydować się, co wolą, bo nie chcą przyjąć do wiadomości tego, że ja nie żyję. No tak, ale ten fakt jest poza dyskusją. Pochówek do ziemi czy kremacja, bo procedura jest różna. Co wybierają? Dyrektor zakładu pogrzebowego stawia to trudne pytanie, na tym polega jego praca i nie jest wcale łatwa. Mama i tato niezdecydowani patrzą po sobie. Pełna napięcia cisza. Dyrektor naturalnie rozumie ich. Czeka. Oboje długo milczą. W końcu mama bąka prawie niedosłyszalnie:

— Kremacja?

Tato nie chce, nie może. Przede wszystkim myśl o wysokiej temperaturze jest dla niego nie do zniesienia. Po drugie, mimo że odszedł od kościoła, nigdy nie brał pod uwagę kremacji. Mama nie przejmuje się Apokalipsą, sądem ostatecznym, nowym Jeruzalem, zmartwychwstaniem ciał w pełnej chwale i podobnymi bzdurami. Tato myśli podobnie, ale pewne słowa i obrazy są zakodowane w jego ochrzczonej i poddawanej katechezie głowie o wiele głębiej niż jego filozoficzne przekonania. Jego mózg został zaprogramowany na pochówek w ziemi.

— Kremacja — powtarza mama, tym razem zdecydowanym tonem.

Tato zachowuje się niczym katatonik. Nieświadomie zawsze myślał o pochówku w ziemi dla siebie i oczywiście — tak jak to było z jego przodkami — dla swoich najbliższych. Niełatwo zmienić ustalony wcześniej program. Pracownicy zakładu pogrzebowego cierpliwie czekają. Setki razy już widzieli przeróżne w tej sytuacji zachowania, zależne od pochodzenia społecznego i przekonań religijnych. W dzisiejszych czasach jest raczej tendencja, by dokonywać kremacji, ale czy w kostnicy można mówić o modzie? Dyrektor zakładu pogrzebowego dyskretnie się oddala.

Żeby istota kremacji przeniknęła do jego mózgu, aż do zakończeń nerwów, tato musi sobie wyobrazić, jak by to było, gdyby kremowano jego samego. Jeśli teraz zostanie poddane kremacji moje ciało, to wówczas, gdy sam umrze, trzeba będzie spalić również jego zwłoki, nie chce bowiem być pochowany z dala od syna. Poza tym wygląda na to, że mama także będzie chciała być spopielona i leżeć koło mnie. Zostałby wtedy sam w swoim grobowcu. Tato walczy ze swoim uprzedzeniem. On w krematorium? W wyobraźni ujrzał wielki stos pogrzebowy. Skąd ta niesamowita wizja? Odpowiedź przychodzi wraz z pytaniem — czytał o tym w powieści *W 80 dni dookoła świata* Jules'a Verne'a. Zamieszczona w tej książce grawiura zrobiła ogromne wrażenie na małym chłopcu. Jeśli dobrze pamiętał, palono na stosie żywą wdowę razem z jej zmarłym mężem. Obraz ten mocno odcisnął się w jego wyobraźni, o czym świadczy fakt, że dziś znów go ujrzał. Pracownicy zakładu pogrzebowego wciąż czekają. Trzeba się na coś zdecydować. Myśli krążą w głowie taty. Najpierw szperał w Piśmie Świętym, a teraz w powieściach z czasów dzieciństwa i wczesnej młodości. Znalazłem sobie dobrą porę! W tym momencie, gdy tato tak się waha, mama dodaje:

— Kremacja, bo gdybyśmy wyjeżdżali, będziemy mogli zabrać Liona ze sobą.

Mama nie mówi „zabrać prochy", ale „zabrać Liona".

Myśl o jakimś wyjeździe wyrywa tatę z umysłowego odrętwienia. W tej tragicznej chwili nic tak nie wzburza taty, jak możliwość rozstania z mamą. A ona dała mu właśnie do zrozumienia, że myśli o wyjeździe. Tato gotów jest pojechać gdziekolwiek, byleby być z nią. A więc i z moimi prochami.

— Zgoda, niech będzie kremacja.

Tato zrobił wielki krok naprzód jako człowiek niewierzący, światły i kochający.

Ledwie runęła zapora metafizycznych wątpliwości taty, kiedy sypnął się grad dalszych pytań:

— Jaki cmentarz? W Quimper czy w Douarnenez?

Mama nieśmiało wtrąca, że chciałaby mieć moje prochy w domu. Tato, jeszcze nie mogąc pozbyć się wizji gorącego stosu, przerywa jej stanowczo.

— Zmarli niech będą ze zmarłymi! — Uważa, że moje prochy powinny znaleźć się na cmentarzu. — Zmarli do zmarłych. Nie chcę kilka razy dziennie natykać się w domu na prochy Liona.

Teraz przyszła kolej na tatę w podejmowaniu decyzji. Mama ustępuje. Zresztą w tym momencie ja jeszcze tak naprawdę dla nich nie umarłem. Ostatecznie oboje mówią:

— W Douarnenez.

— Są tam cztery cmentarze! Który z nich? Douarnenez Tréboul, Douarnenez Ploaré czy Douarnenez Sainte-Croix? A może Douarnenez Pouldavid?

Rodzice oczywiście tego nie przewidzieli. Nie znają tych cmentarzy, oprócz pięknego cmentarza marynarzy. Panowie z zakładu pogrzebowego chwytają za telefon i sprawdzają. Cmentarz w Tréboul jest pełen. Prawdę mówiąc — wyjaśniają rodzicom — nie ma wyboru, bo tylko na cmentarzu Sainte-Croix znajduje się kolumbarium.

— Skoro nie ma wyboru...

Teraz trzeba przejść do kwestii związanych z trumną — kolor (brązowa, czarna czy biała?), kształt, drewno (jakieś specjalne, droższe czy sosna?), wyściółka (satynowa czy z tkaniny syntetycznej?), uchwyty (posrebrzane?). Wybór należy do nich. Klepsydry w prasie (w lokalnej czy krajowej?). A sprawa zawiadomień? Posiłki, zakwaterowanie rodziny i przyjaciół, telefony, e-maile? Kto się tym zajmie? Czy

chcą, żeby im pomóc? Rodzice bredzą coś w odpowiedzi. Nie są w stanie o niczym myśleć. Mówią
rzeczy nieistotne, że miałem dwadzieścia jeden lat,
że... To oczywiście nie dotyczy pogrzebu. Mówią
więc, że nie wiedzą, że już nie dają rady. Mają
w głowach zamęt. Dyrektor doskonale to rozumie.
Jednakże wszystko trzeba zorganizować już dzisiaj.
Proponuje im chwilę odpoczynku i wręcza ilust-
rowany katalog ceremonii pogrzebowych z podanymi
cenami. Niech go przejrzą i coś postanowią. Mama
i tato, bliscy apopleksji, wychodzą z zakładu pogrzebowego. Siadają na ławce. Obok nich pomnik
Laenneca* i karuzela. Szpital, w którym umarłem,
nosi imię Laenneca. Medycyna nie uratowała mnie,
rzucają nienawistne spojrzenia na posąg z brązu.
Karuzela? Za dużo wspomnień z mojego dzieciństwa.
Płaczą.

Trochę później. Siedzą pochyleni nad katalogiem.
Grobowce z marmuru, sztuczne kwiaty, łzawe sen-
tencje wyryte w granicie. „Niech twój sen będzie tak

---

* René Laennec (1781–1828) — francuski lekarz, wynalazca stetoskopu.

słodki, jak piękne było twoje serce", „Czas mija, pamięć jest wieczna", „Dzięki, najdroższy"... Przebłysk myśli: miniony lipiec w Carhaix! Nagle wyobrażają sobie grożącą im katastrofę. Nie ma mowy o tak debilnej ceremonii! Znaleźli punkt zaczepienia. Nie może powtórzyć się cyrk z pogrzebu Simona. Uczepili się tej myśli. Czują ogromny przypływ energii. Dzięki ci, przyjacielu Simonie. Teraz czują się już pewniej, wezmą sprawy w swoje ręce — obejdą się bez katalogu, bez sztuczności szablonowej ceremonii pogrzebowej, bez konwencjonalnej pustki, bez tego wszystkiego.

W rzeczywistości usiłują tym sposobem powiedzieć śmierci „nie".

W zakładzie pogrzebowym niepotrzebnie ostrym głosem oznajmiają, że wstydziliby się niczym grzechu śmiertelnego takiej banalnej ceremonii, w jakiej uczestniczyli w lipcu tego roku. Ich cierpienie byłoby jeszcze trudniejsze do zniesienia. Pracownicy zakładu przyjmują ich zachowanie ze spokojem, rodziny zmarłych często okazują agresję. Rodzice oświadczają, że postanowili, iż mój pogrzeb ma być czymś w ro-

103

dzaju uroczystego spektaklu. Nie akceptują mojej śmierci, ale skoro jest to konieczne, to ceremonia musi być podniosła. W żadnym momencie nie będzie podlegać banalnym rytuałom pogrzebowym.

— W żadnym momencie, w żadnym, rozumiecie państwo?

Mama i tato chcą wziąć stery ceremonii w swoje ręce od początku do końca — od wyprowadzenia zwłok z kostnicy aż do złożenia ich w grobie. Po pierwsze, nie ma mowy o nabożeństwie w kościele. Po drugie, nie może to być standardowy pogrzeb świecki. Widzieli w Carhaix, do czego to doprowadziło! W ten sposób sprzeciwiają się wszystkiemu — nie życzą sobie mistrza ceremonii, odtwarzania muzyki z płyt kompaktowych, całego tego ceremoniału, łącznie ze srebrnymi uchwytami trumny, mama nie chce nawet, żeby je posrebrzono (Rachel później owinie je białą tkaniną). Pracownicy zakładu grzecznie milczą, mimo iż przewidują nieuchronne komplikacje. Tak to rodzice zaczęli zażartą walkę przeciw... Przeciw czemu tak naprawdę? Przeciw mojemu odejściu z tego świata — myśli tato. — Żeby śmierć Liona była jeszcze jednym przejawem życia, a nie odejściem do nicości. Z taką właśnie wizją się zmaga. Niech żyje życie — powraca dawny refren. Życie mimo wszystko. Tato wciąż w to wierzy. W takim zamęcie fundamentalną sprawą jest wierzyć w cokolwiek.

Mama i tato nie wyrażają zgody na to, żeby ceremoniał zaczynał się od podniesienia blaszanej kurtyny.

— Kiedy w krematorium pojawią się goście, trumna ma już stać na widoku.

Inscenizacja zupełnie jak w teatrze.

— Ale nasz personel powinien ozdobić trumnę kwiatami...

— Oczywiście mogą ułożyć kwiaty wokół trumny. Przecież umieszczenie kwiatów przy trumnie to rzecz ludzka, normalna. Prawda?

Rodzice wyczuwają pewien opór i dodają dobitnie:

— Ale żywe kwiaty, żadnych sztuczności!

Stawiają warunek, żeby mistrz ceremonii i karawaniarze stanęli gdzieś na uboczu i byli niewidoczni do chwili, kiedy będą potrzebni. Dyrekcja zakładu się waha. Mama i tato nalegają. Mając przyjaciół muzyków i aktorów teatralnych, świetnie sobie poradzą bez pomocy personelu krematorium. Słyszą kolejne obiekcje.

— A kolejność przemówień?

— Zajmiemy się tym sami.

— A nagrania?

— Żadnych nagrań, wszystko na żywo, zwłaszcza w dzisiejszych czasach. Tylko na żywo!

Podnoszą się z krzeseł. Ich zachowanie kładzie się na karb cierpienia, którego doświadczają.

— A co z ogólnym przebiegiem uroczystości?

— To ma być improwizacja! Żadnego porządku, żadnego kierującego! Będzie trwać tyle czasu, ile trzeba. Proszę zarezerwować całe popołudnie.

Dyrekcja zakładu pogrzebowego jest najwyraźniej zaniepokojona. Rodzice uspokajają:

— Tak, tak, wszystko się okaże na miejscu! Proszę się nie martwić. Skończy się oczywiście kremacją, przecież po to tu jesteśmy. Proszę się nie obawiać, wszystko przebiegnie do końca bez żadnych nie-spodzianek. Proszę nam pozwolić załatwić to po naszemu.

Rodzice, bardzo wzburzeni, mówią stanowczym tonem. Urzędnicy zakładu pogrzebowego są bardziej tolerancyjni, niż można by przypuszczać — muszą umieć zachować się w tak delikatnych sytuacjach. Zorganizują wszystko zgodnie z wolą klientów.

*

Po tej wyczerpującej rozmowie tato i mama w drodze powrotnej z Quimper do Douarnenez skręcają na mój przyszły cmentarz. Jakby chcieli przeprowadzić wizję lokalną. Tam się załamują.

Cmentarz Sainte-Croix jest tak nowy, że nie ma jeszcze wyglądu cmentarza. Pusty teren czekający na zmarłych: wytyczone według planu alejki, kwatery, kwietniki, budynek kolumbarium, trochę młodych krzewów. Za dziesięć, sto lat będzie tutaj bez wątpienia naprawdę przyjemne miejsce wiecznego spoczynku, ale na razie Sainte-Croix, dzielnica Kerlouarnec, to pustynia. Zmarli potrzebują oazy. Żywi również. Mama i tato siadają na ziemi i wybuchają płaczem. Woleliby strzelić sobie w łeb niż złożyć tutaj prochy Liona.

Mama mówi:
— Nie będziemy inaugurować tego cmentarza.

Wykluczone, żebyśmy zostawili Liona na takim pustkowiu. Nie ma mowy, żebyśmy tu mieli przyjeżdżać. Mówi o tym tak, jakby oboje mieli tu zamieszkać razem ze mną. Coś w nich pęka. Dopiero co w zakładzie pogrzebowym buntowali się, chwytali się jakiegoś punktu zaczepienia, przynajmniej myśli o pięknej ceremonii. Teraz myślą tylko o umieraniu. Do tego momentu jakoś sobie radzili z moją śmiercią, z widokiem moich zwłok, kostnicą, balsamistą, wydatkami, jako tako stawiali czoło temu wszystkiemu. Jednak teraz nie są w stanie pogodzić się do końca z moim odejściem. Załamują się na ewentualnym miejscu mojego spoczynku, które będzie także ich miejscem. Długo siedzą tak na ziemi i płaczą.

W końcu przepędza ich stąd deszcz i chłód.

Rano we wtorek Jean-Yves, Bernard i Monique podsuwają im genialny pomysł. Znajdują rozwiązanie. Jest inna możliwość — pochówek w prawdziwym grobie na starym cmentarzu w Ploaré, nad samym morzem, niedaleko od nich. Może nie będzie to zgodne z przepisami, ale ostatecznie, jakie to ma znaczenie dla władz gminy, że zmarły zostanie pochowany na starym terenie. Ważne, że zostaną tam kości lub popioły. Mama i tato znowu wracają myślami do hipotezy życia po śmierci. Zaczynają się przygotowania do ceremonii.

*

Środa. Cztery dni po mojej śmierci. Kondukt żałobny opuszcza kostnicę i rusza w kierunku krematorium. W karawanie, mercedesie, szofer w liberii, z tyłu mama i tato, którzy trzymają się za ręce. Ani jedno słowo nie pada podczas jazdy na dystansie siedemdziesięciu trzech kilometrów. Nie mają sobie nic do powiedzenia w czasie tej głupiej drogi. Moja trumna ustawiona jest z tyłu wozu, dość daleko od nich. Za kilka godzin, kiedy już zostanę spopielony, będzie jeszcze gorzej, znajdę się w odległości wielu lat świetlnych.

Szary krajobraz. I takie same wspomnienia. Przed oczyma mamy i taty przepływają jak w starym albumie fotograficznym kolejne widoki. Trzydziesty kilometr — Châteaulin i superlokal Run. Zabrali mnie tam, jak tylko przyjechaliśmy do Bretanii. Ekstra muzyka, pierwszy kufelek piwa. Polubiłem rock, nie polubiłem piwa. Trochę dalej — Aulne, kanał z Nantes do Brestu; jest zdjęcie, jak jedziemy razem na rowerach, miałem wówczas czternaście lat. Oni, pięćdziesięciolatkowie, przewietrzają sobie płuca, ja nudzę się pedałowaniem. Rodzice pedagodzy. Czterdziesty trzeci kilometr — Pleyben, żadnych wspomnień, żadnego zdjęcia, karawan mija tę pustynię. Pięćdziesiąty kilometr — Châteauneuf-du-Faou, album z pierwszego *fest-noz, fest-deiz**, lokalnego festynu. Zbiorowisko przeróżnych ludzi, wszystkie generacje rodzin, tańce dostojne i tańce swobodne, piwo w kiosku tuż obok — mocny alkohol. Ogólna wesołość, ale tato chce koniecznie uchodzić za Bretończyka, *an dro, plinn, kan ha diskan*, gawoty, trębacze, wszystko go pociągało. Nieźli są, i ten taniec, to fantastyczne! Żartowałem sobie z niego, mama była ostrożna; ja już tam nie wrócę, ale ona tak, czasami ulega urokowi tradycji. Czasami nie. Sześćdziesiąty drugi kilometr — Cléden-Poher, nic poza wspomnieniem wiosłowania w Pont-Triffen, ale beze mnie. Nie byliśmy razem, we troje, w Pont-Triffen, rodzice nie mają więc nic

---

* Tradycyjne, coroczne festiwale taneczne w Bretanii.

do wspominania. A po „nic" przychodzi naturalnie „nigdy", stale mają na ustach tę patetyczną refleksję. Siedemdziesiąty pierwszy kilometr — drogowskaz na Carhaix-Plouguer, znowu fotografie — wspomnienia, kamienista droga do Saint-Brieuc, wiosna, razem, we troje, muzyka. Szkoda tylko, że był to rok egzaminów wstępnych na uniwersytet.

W końcu ostatni kilometr. Karawan pogrzebowy mija kościół w Carhaix, skręca w kierunku Brestu, sto metrów drogą asfaltową w dół na prawo, jeszcze pięćdziesiąt metrów. Rodzice kurczą się wewnętrznie, zamykają album, stop, koniec jazdy, krematorium, wszyscy wysiadają z samochodów. Jest dokładnie godzina piętnasta, ceremonie zaczynają się zawsze punktualnie. Warning, szofer, włączył światła alarmowe. Drzwi krematorium otwierają się na oścież. Karawaniarze zdejmują czapki. Pompa na całego — zaczyna się mój pogrzeb. *Tatata taaa! Tatata taaa!* Dlaczego w głowie taty rozbrzmiewa w tym momencie muzyka Beethovena?

Ogromny tłum ludzi — schlebia to próżności rodziców, mimo iż przytłoczeni są ogromnym ciężarem bólu. Karawan utknął w tłumie. W lipcu widzieli przyjazd karawanu z trumną Simona. Dzisiaj to oni są na pierwszej linii. Oszołomieni wysiadają z samochodu. Karawan natychmiast odjeżdża. Chcą iść za nim, no bo gdzie mają podążać, jak nie za trumną. Nagle pojawia się mistrz ceremonii i szepcze, że nie ma się czym niepokoić, tłumaczy, żeby weszli do budynku, a ujrzą tam trumnę. Mama rzuca się w objęcia jednej przyjaciółki, potem drugiej i jeszcze innej. Łzy, uściski, niewyraźne słowa. Tato nagle postanawia, że do nikogo nie podejdzie, bo musiałby całować się z każdym i nie potrafiłby tego przerwać. Powiódł z wolna wzrokiem dokoła i pozdrowił wszystkich. Dziękuję, że jesteście z nami. Prawdę mówiąc, nic nie widzi, bo dzieje się z nim coś takiego jak z bokserem na ringu po nokaucie lub z toreadorem, który zranił do krwi byka na arenie.

Niespodzianie poczuł, że musi się wysiusiać, zanim zacznie się ceremonia. Kieruje się ku toaletom. Przed wejściem wpada na Liona, „dużego Liona", jak nazywają mojego ojca chrzestnego. Widok tego człowieka, najbliższego mu spośród wszystkich bliskich, sprawia mu ogromną radość. Dzisiaj odczucia taty są stokrotnie spotęgowane, śmieje się i klepie po plecach dużego Liona. Wbrew temu, czego można się spodziewać w tej sytuacji, jest wesoły. „Idziesz ze mną siusiać?". Duży Lion jest zakłopotany tymi objawami dobrego humoru. Obawiał się, że ujrzy kumpla załamanego, tymczasem ten wita go jak gdyby nigdy nic. Zdecydowanie nie są w tym samym nastroju. Duży Lion nie wchodzi do toalety razem z tatą. Smutne siusianie, mycie rąk, połykanie łez, twarz spryskana wodą. Trzy minuty potem tato odnajduje mamę zalaną łzami, siedzącą na ziemi obok trumny. Oboje zaczynają szlochać.

Kiedy już trumna została obłożona białymi kwiatami, tak jak życzyła sobie tego mama — powiadomiła wszystkich przyjaciół ustnie i w gazecie, że mają być tylko i wyłącznie białe kwiaty, nalegała na to, jakby to była kwestia życia — karawaniarze w żałobnych uniformach znikają. Pozostaje tylko tłum jakże bliskich dziś przyjaciół. Pogrzeb się zaczyna. Początkowo mama i tata siedzą na ziemi, prawie dotykając trumny, przytuleni jedno do drugiego. Ceremonia pogrzebowa ma pomóc pogodzić się ze śmiercią kogoś bliskiego, ale oni tego nie chcą. Tato wyznał Jean-Yves'owi:

— Nie potrafię przewidzieć, czy będziemy w stanie przywitać obecnych. A pragnąłbym bardzo powiedzieć przyjaciołom kilka słów. Jeśli za bardzo się rozkleimy, przemówisz w moim imieniu.

Jean-Yves stanął za pulpitem, ale nie jak zwykły mistrz ceremonii wyznaczony z urzędu, sztywny i pompatyczny jak na filmie. Wita bez zbytecznej emfazy braci i siostry — tato i mama mają duże rodziny. Mówi o przyjaźni, mówi o wzruszeniu. Rodzice, wstrząsani nieprzerwanym szlochem, trzymają dłonie na trumnie.

Tato krąży między teraźniejszością i przyszłością. Ja jestem teraz w trumnie; moja trumna i ja za trzy godziny będziemy spopieleni. Już nic nie będzie takie samo. Tato nie chce tej bliskiej przyszłości. Nie chce teraźniejszości. Tacie wydaje się, że już nigdy niczego nie będzie chciał. Wraca do mamy. W tej trumnie spoczywa nasze ciało, nie tylko nasze serce. Odzywa się w nim pierwotny instynkt wypływający z prawa krwi. Tato płacze bez żadnego umiaru. Myśli, że jest najnieszczęśliwszym z ludzi. Na ustach ma tylko jedno życzenie: Chodźcie, chodźcie z nami! Połóżmy się na trumnie. Niech się to wszystko zatrzyma, żeby mógł mnie zachować dla siebie, nie chce robić już ani kroku do przodu. Tato chce tu zostać. Nic z tego, tato, musisz iść dalej.

Trochę później. Teraz mama i tato stoją. Tato wyrzuca szybko z siebie:

— Dziękuję, to dla nas straszne, dziękuję.

Poddał się wzruszeniu. Przerywa. Nie może wydobyć z siebie głosu. Tylko łzy. Jednocześnie jest dla niego oczywiste, że trzeba mówić. Nie może pozostać pustka, wszystko musi być powiedziane. Oni pragną wszystko wiedzieć: jakie były ostatnie dni mojego życia, na co umarłem, jak umierałem; każdy z nich chce to usłyszeć, czekają na to. Mama także zdaje sobie z tego sprawę, choć wcale się nie porozumiewali. I jest jeszcze coś więcej — oboje powinni odtworzyć krok po kroku dzielone wspólnie radości ubiegłego tygodnia. Radość poniedziałku, wtorku, środy, czwartku — wspaniałe dni spędzone we troje. A potem katastrofa piątku i soboty. Łudzą się, że jeśli to opowiedzą, śmierć nie zabierze wszystkiego.

Trzeba zebrać się w sobie. Zaczyna się wielka improwizacja, najbardziej usprawiedliwiona w ich artystycznym życiu. Tutaj, w tym krematorium, przydarza się im coś dziwnie pięknego i dobrego.

Ich opowieść zaczyna się od początku ostatniego tygodnia, który spędziliśmy wszyscy troje ze świadomością, jak nigdy dotąd, że bardzo się kochamy. W poniedziałek dwudziestego października tato zadzwonił do mnie.

— Obejrzeliśmy mecz transmitowany w telewizji, każdy w swoim mieszkaniu, on w Rennes, ja w Douarnenez. Lubiliśmy obaj futbol. Kiedy Lion był mały, oglądaliśmy mecze razem. Chodziliśmy nawet do Parc des Princes, na Stadion Q w Quimper. Jak tylko w telewizji skończyła się transmisja, chwyciliśmy za telefony i zaczęliśmy omawiać mecz na wszystkie strony. Arsenal, Manchester, gra, sędzia arbiter, trenerzy. W jakim stylu grają ci Anglicy! Leżałem na łóżku ze słuchawką przy uchu. Lion leżał zapewne na kanapie w swoim studenckim mieszkanku przy ulicy Duhamel. Gawędziliśmy tak przez telefon i byliśmy po prostu bardzo szczęśliwi. Nie potraficie sobie nawet wyobrazić, jakie to dla mnie cenne, że mogę teraz wam o tym opowiadać.

Odwraca się do mamy i mówi, jakby nie było tutaj poza nią nikogo:

— Te przeżyte z nim chwile szczęścia... Lion był szczęśliwy i ta świadomość niech zostanie z nami na zawsze.

Usiłują sami siebie przekonać o nieprzemijającym szczęściu. Płaczą. Czas już się dla nich nie liczy.

— Przeżyliśmy wiele szczęśliwych chwil, odkąd się urodził. Jakby za sprawą jakiegoś cudu w tym tygodniu skoncentrowały się wszystkie najdrobniejsze radości. Zapewniam was, że nie zmyślam. Codzienne chwile szczęścia mają ogromną wagę, choć pozornie mogą się wydawać nic nieznaczącymi momentami. Byłem szczęśliwym ojcem. Teraz, oczywiście, wszystko się we mnie burzy. Lion miał umrzeć za pięć dni, a ja niczego nie przeczuwałem.

Mimo woli dorzuca:

— Mam nadzieję, że on również tego nie przewidywał.

Pełna napięcia cisza. Rodzice myślą o tym, że za tydzień miałem już nie żyć. Przyjaciele myślą o tym, kiedy nadejdzie ich pora.

W ten poniedziałek mama przyjechała do Rennes na próby z aktorami szkoły Narodowego Teatru Bretanii. Teraz ona opowiada:

— Z okna mojego pokoju w hotelu widziałam dach budynku, w którym znajdowało się jego studenckie mieszkanko. Czułam się tak, jakbyśmy mieszkali dwa kroki od siebie. Ta bliskość wzruszała mnie. Kiedy jedliśmy obiad w restauracji orientalnej, Lion powiedział mi, że zapisał się na lekcje muzyki, bo zamierza nauczyć się gry na didgeridoo*. Byłam szczęśliwa, bardzo chciałam, żeby zajął się muzyką. Kiedy rozstawaliśmy się na ulicy, mocno mnie uścisnął.

Strumień łez płynie po twarzy mamy, gdy opowiada o tym spotkaniu. Łzy płyną nieprzerwanie, ale nie przeszkadza to jej w kontynuowaniu opowieści. Tato rozmyśla nad niewyobrażalną więzią między matką i synem.

---

* Instrument dęty Aborygenów.

Mama podchodzi do pierwszego rzędu przyjaciół. Tato idzie za nią i mocno trzyma jej dłoń. Ona mówi dalej:

— Było zimno, mgliście, ale nie mogliśmy się rozstać. W końcu umówiliśmy się na następny dzień, kiedy do Rennes przyjedzie Michel. Lion odszedł w pośpiechu, bo w telewizji zaczynał się mecz piłki nożnej.

Umilkła. Rodzice cały czas trzymają się za ręce. Moja trumna długo będzie na pierwszym planie. Nic ich nie pogania.

Nieco później. Siedzą przed trumną, a między nimi Nicole. Przyjaciółka głaszcze ich po ramionach. Trio. Jean-Claude gra Schuberta. Przyjechał z Saint-Piat specjalnie na pogrzeb wraz z France i Cécile. On, który gra na najpiękniejszych steinwayach świata, bez namysłu wziął do samochodu pianino elektryczne, aby im tutaj zagrać. Moment muzyczny As-dur, pełen tajemnic i czułości jak nigdy, dzisiaj odbierany oczywiście jako tragiczny. Cisza. Szlochy.

Jeszcze trochę później. Mama mówi:
— W środę spotkaliśmy się z Michelem. Wybie-

rałam się do opery w Rennes na oratorium Haendla *Athalia*. Zaprosił nas Daniel B. Nie wiem, jak to się stało, że odważyłam się zaproponować Lionowi, aby nam towarzyszył. Jeszcze niedawno nie zdobyłabym się na to w obawie, że odeśle mnie do wszystkich diabłów. Zawsze kpił sobie z naszego sentymentalnego gustu, ale tym razem się zgodził. Wielka niespodzianka.

Następnie stwierdziła:

— Lion nigdy nie śpiewał, ale nie mam żadnych wątpliwości, że miałby piękny głos.

Mama, sopran koloraturowy, marzy:

— Był zdolny. My byliśmy od muzyki klasycznej, on raczej od popu, rocka. Nie okazaliśmy się dobrymi rodzicami. Nie pracowaliśmy nad jego umuzykalnieniem. A szkoda, bo trzeba było więcej zrobić w tym kierunku.

Pojawia się poczucie winy, rozmyślanie nad tym wszystkim, co powinni byli uczynić. Nie próbowali zrobić ze mnie muzyka. Po trzech tygodniach miałem dość lekcji fortepianu. Zrezygnowali pod pretekstem, że nie należy zmuszać siedmioletniego chłopca, by robił to samo co jego rodzice. Pierwsza porażka. Pięć lat potem podjąłem naukę gry na saksofonie, chcąc naśladować Johanna. Szybko z tego zrezygnowałem, a oni tchórzliwie ustąpili.

Tato, zwolennik Spinozy, przejmuje pałeczkę. Szczęście jest wieczne, to dziś najważniejsze, nic więcej! Wstaje i kontynuuje opowieść:

— To prawda, Lion sprawił nam miłą niespodziankę. Zgodził się pójść z nami do opery. Pierwszy raz byliśmy razem na oratorium. Przyjęliśmy jego obecność jako podarek.

Tato kładzie szczególny nacisk na ten moment szczęścia.

Teraz tato oddala się nieco od mojej trumny. Mówi, chodząc między przyjaciółmi. Głaszcze czyjś policzek, ktoś chwyta go za ramię, potem ściska czyjaś ręka, „i ty, ty!", głowa przy głowie, „dziękuję, że przyjechałeś", tato chodzi od jednego przyjaciela do drugiego, cały czas snując swój monolog. Niekończące się wyrazy sympatii, czułości, jakich chyba nigdy dotąd nie doświadczył. Tato zastanawia się, dlaczego trzeba było czekać, aż wydarzy się takie nieszczęście? Wraca do trumny. Do przyjaciół.

Ponownie opera w Rennes.

— Długo obejmowaliśmy się w środę wieczorem na placu Merostwa przed wejściem do teatru.

Tato patrzy na mamę. Przed chwilą opowiedziała, jak długo ją obejmowałem w poniedziałek wieczorem.

— Mnie także było dobrze w tym uścisku!

Pojawia sie nagle idiotyczne pytanie: które z nich bardziej kochało syna, tato czy mama? A ja? Kogo ja kochałem bardziej? Dość tego!

Gra przyjaciel rodziny. Ma zniszczone palce, jest chory, ale przyniósł swoje skrzypce i gra *Partitę* Bacha, bardzo wolno, wyjątkowo wolno. Następnie skrzypce wyśpiewują *Kadisz* Ravela. Bez słów: „Ty, który masz wskrzesić zmarłych...", słowa te byłyby nie do zniesienia dla taty stojącego przy mojej trumnie. Zmartwychwstanie, raj, życie wieczne, słowa wykreślone z jego słownictwa. Przyjaciel i Ravel przekazują mi pożegnalną modlitwę. Tato zgadza się na modlitwę, ale bez pożegnania i bez Boga. Mimo to płacze. Nie mówmy o tym, mamo.

Długą chwilę potem. Tato podejmuje na nowo opowieść.

— Zatelefonowałem do Daniela B., który w ostatniej minucie znalazł wolne miejsce dla Liona. Był niepocieszony, że nie zdołał nam załatwić miejsc obok siebie. Powiedziałem mu, że nie jest to ważne, zresztą nadal uważam za sprawę drugorzędną to, iż nie siedzieliśmy razem. Przed spektaklem obiad u dyrektora teatru. Lion pewnie się wynudził w tym gadatliwym towarzystwie, ty, Martine, także. Wybacz mi.

Popatrzył na moją trumnę.

— Wybacz mi, Lion.

Przepraszał nie tylko przy tej okazji, ale również podczas wielu późniejszych obiadów czy kolacji, nieudolnie próbując znaleźć kompromis między pracą i rodziną a ojcowską słabością.

— Zbliża się godzina rozpoczęcia spektaklu, nie mamy nawet czasu wypić kawy, biegniemy w pośpiechu zająć swoje miejsca, my w loży dyrektora, Lion na parterze. Z balkonu często spoglądamy na naszego syna siedzącego w dole, z lewej strony, w pierwszym rzędzie, wychylającego się nad kanałem dla orkiestry, dwa kroki od sceny. Śpiewacy są młodzi i piękni jak on.

Z całą pewnością rodzice chętnie widzieliby mnie na tej scenie jako śpiewaka wśród śpiewaków.

— Martine i ja byliśmy zachwyceni. Spektakl był doskonały, zwłaszcza muzyka w wykonaniu orkiestry. W przerwie Lion powiedział nam, że jemu też bardzo się podoba. Osłupieliśmy, już dawno nie mówił nam, że coś mu się po prostu podoba. Zwłaszcza opera, dla nas rodziców to był nie tylko zawód, ale przede wszystkim pasja, która mogła zagrażać naszemu życiu rodzinnemu. Lionowi podoba się to, co podoba się nam! Powiedział to wyraźnie! Zrobił nam tym wspaniały prezent!

Tato woła na cały głos:

— Prezent! Prezent! Prezent!

Podekscytowany, zasmucony, zalany łzami odwraca się do mojej trumny.

— Lion, dałeś nam w tym ostatnim tygodniu cudowny prezent!

Karawaniarze otwierają drzwi, żeby zobaczyć, co oznaczają te krzyki. Ale wszystko już wróciło do normy, rodzice płaczą, wszyscy goście także. Karawaniarze ponownie znikają.

Dłonie taty i mamy. Zwrócone ku sobie, bardzo blisko, w odległości kilku centymetrów, podniesione na wysokość twarzy, mówią do siebie jak do lustra. Tato nie odsuwa ręki. Jeszcze nie powiedział o pewnym szczególe.

— Następnego dnia musiałaś być bardzo wcześnie w teatrze, więc w przerwie wychodzisz do domu i zostawiasz nas samych. Proponuję Lionowi, żeby zajął twoje miejsce na balkonie. Kończymy ten wieczór szczęśliwi, że jesteśmy razem tak blisko siebie. Po przedstawieniu wpadamy do bistro w centrum Rennes. Wypijamy po szklaneczce. Ale po Haendlu nie da się słuchać ostrego rapu. Żeby rozmawiać, trzeba krzyczeć. Od dymu papierosów zaczynam kasłać. Trudno, wychodzimy, on wraca do siebie, do swojego studenckiego mieszkanka, ja do hotelu, do Martine, która już na pewno śpi. Szkoda, że nie mogliśmy zostać dłużej w bistro, porozmawialibyśmy sobie jeszcze przez kilka godzin, do późna w nocy. Może by to coś zmieniło.

Masz ci los, znowu wraca do tego samego — żale, piekielna machina oglądania się wstecz, co zrobił, a czego nie zrobił, co by się zmieniło, gdyby... Diabeł przechodzi obok i psuje atmosferę pogrzebu. A niech to cholera! Tatę dręczą wyrzuty sumienia. Mama chwyta go za rękę. Pod wpływem tej pieszczoty tato wraca do teraźniejszości. Uścisk palców. Znowu mnie odnajduje.

— Szliśmy z Lionem we dwóch w milczeniu. Dochodziła już północ, było zimno, urwał się wątek rozmowy. Rozstaliśmy się przy hotelu, gdzie spała Martine, w pasażu prowadzącym do teatru...

— Nie, nie do teatru, do ulicy Grypy! Tę wąską uliczkę dla pieszych, którą się szło do Narodowego Teatru Bretanii, nazwano ulicą Grypy...

Tata spogląda na mamę zaskoczony. Co takiego? Ulica Grypy? Czyżby ten drobny szczegół miał jakieś znaczenie? Ogarnia go przygnębienie. W poniedziałek, dwa dni przed wieczorem w operze, byłem u lekarza w Rennes, który zdiagnozował u mnie lekką grypę i wypisał receptę. W środę, w dniu spektaklu, czułem się już znacznie lepiej. Po tym przedstawieniu pożegnaliśmy się na ulicy Grypy, a trzy dni potem, w sobotę, umarłem na zapalenie opon mózgowych. Pomieszanie czasu, wirusów i słów skłania do dziwnych wniosków. Rodzice ponownie czują się zagubieni. Potem jednak wiedzeni wspólną intuicją postanawiają, że to, co na trzy sekundy pojawiło się w ich umysłach, pozostanie między nimi. Nie będą tworzyć żadnych hipotez ani na temat ograniczeń medycyny, ani przypadku wynikającego z nazwy ulicy. Powstrzymują się od stwierdzenia, że o wszystkim decyduje przeznaczenie. Tato kontynuuje swoją relację. Przyjaciele przypisują ich wahanie wzruszeniu.

— Lion zmierza w stronę ulicy Grypy; zanim znika, wołam do niego. W czwartek nie jestem z nikim umówiony przed czternastą trzydzieści, może zjedlibyśmy razem lunch? Tak? Wspaniale, do jutra, u Picca, przed merostwem. *Abrazo*, męski uścisk, często tak mówiliśmy z Lionem, po hiszpańsku, klepiąc się po plecach.

Mama:

— W przeszłości było inaczej. Jeszcze niedawno był przecież nastolatkiem.

Przypominają sobie tysiące głupich sprzeczek. „Nie, wcale nie głupich, raczej nieodżałowanych, kochanych". Tato ma w głowie zamęt. Sprzeczki stanowią część wspomnień o mojej obecności, „on wtedy żył, było to więc szczęście". Tato pociesza się, jak umie. Mama mówi dalej:

— Codziennie widywaliśmy się w tym tygodniu

i okazywaliśmy sobie miłość. Nie było najmniejszego zgrzytu między nami. Żadnego dystansu.

Dobrze im robi rozbrzmiewające w nich echo tamtej radości. Mama dorzuca:

— Dobrze, że możemy o tym wszystkim wam opowiedzieć.

*

...Blady jest pod zielenią promieniami litą.

Stopy w mieczykach kwietnych wsparł. Śpi uśmiechnięty.

Śmiechem chorego dziecka do sennej ponęty...

Zimno mu. Daj mu, ziemio, ciepłe sny łaskawie*.

Isabelle w ostatniej sekundzie przyszła na pomoc mamie. Isabelle i Rimbaud sprawiają, że rodzice wybuchają szlochem. Potem Vicente, który przyniósł swoją gitarę, i Garcia Lorca, i Andaluzja. *Petenera*. Głos wewnętrzny mówi tacie: *Petenera* w wykonaniu Vicente zawsze zmuszała cię do płaczu, na długo przed śmiercią twojego syna. Nigdy mu nie powiedziałem, że mam nagraną tę pieśń na moim MP3 —

---

* Artur Rimbaud, *Śpiący w kotlinie*. Przełożyła Bronisława Ostrowska.

musiał się dowiedzieć od Marie i Romaina. Może z tego powodu tato teraz płacze. Że mu o tym nie powiedziałem. A może dlatego, że obaj lubiliśmy flamenco. Tato się kołysze. U filozofów nazywa się to medytacją. U niego jest to raczej walka ze sobą przeciw sobie, zamęt. Wzrusza ramionami. Od dwóch godzin często wzrusza ramionami. Przyjaciele biorą za tik nerwowy jego magiczne próby unikania przeciwieństw.

Tato podejmuje swoją opowieść:

— W czwartek jedliśmy razem z Lionem lunch. Dyskutowaliśmy o spektaklu z poprzedniego dnia. Żartowaliśmy sobie z chirurga, który zabił Georga Friedricha Haendla na stole bilardowym bezpośrednio po tym, jak zabił Jana Sebastiana Bacha. Haendel i Bach... spotkał ich ten sam los, piękny teren łowiecki dla chirurga, no nie? Potem rozmawialiśmy o studiach na filozofii. Lion robił licencjat, powinien już myśleć o pracy magisterskiej. Na jaki temat, kto będzie promotorem? Lion chciał wyjechać na rok na studia za granicę. Miał do wyboru Kanadę lub Islandię. Opowiadałem się za Kanadą, gdzie uczelnie są na znacznie wyższym poziomie niż w Islandii. Lion skłaniał się bardziej ku Islandii. Poradziłem mu, żeby zdobył informacje, przecież nie musi się spieszyć. Tak naprawdę zdecydowanie nie chciałem, żeby pojechał do Islandii, nie miałem zaufania do tamtejszych uczelni, ale nie zdradziłem się z tym. Całe szczęście, bo przynajmniej nie mam niemiłego wspomnienia, że zachowałem się jak idiota, protekcjonalnie, autorytatywnie podczas naszego ostatniego wspólnego lunchu. O czternastej piętnaście musiałem iść na spotkanie w centrum kultury. Lion szedł w tę samą stronę, chciał zajrzeć do sklepu przy ulicy du Chapitre. Przeszliśmy razem dwieście metrów. Rozstaliśmy się na placu du Calvaire. Wczoraj wieczorem, w Douarnenez, znalazłem w jego rzeczach nową torbę, którą kupił po rozstaniu się ze mną.

Tato macha nogą w powietrzu, jakby chciał pozbyć się nagłych mdłości, które poczuł w ustach.

— Dokonałem w czwartek złego wyboru, nie powinienem był iść na to spotkanie, lecz wybrać się z Lionem na zakupy.

Ponownie łzy.

Co jakiś czas zabierają głos przyjaciele, bez żadnego porządku, bez umawiania się. Mówią, śpiewają, ktoś kończy zdanie poprzednika, ktoś inny się włącza, nieważne kto, nieważne kiedy, ale wszystko koncentruje się wokół mamy i taty. Także długie chwile ciszy, bez obawy o pustkę. Cisza może być muzyką, jak mówi Susumu. Nie ma kierownika, nie ma reżysera, nie ma mistrza ceremonii. Wokół opowieści rodziców tworzy się *chorus*, *tutti*, bez rygorów, bez udawania, bez pytań i odpowiedzi, nikt nie wie, do czego to prowadzi, ale wszystko toczy się jak należy.

Naprawdę zorganizowali mi piękną ceremonię.

France przy pianinie, chorał Bacha, *Wachet auf, ruft uns die Stimme*. „Zbudźcie się!" — woła czyjś głos. *Fortissimo*, jakby wszyscy na mnie patrzyli. Dwaj koledzy z liceum opowiadają o naszych wypadach, kempingach, futbolu, nie wspominają o nocach spędzonych na grach wideo ani o narkotykach. Znowu muzyka, nie tylko *live*, „na żywo": płyta z Radiohead, potem Portishead, trzeci tytuł z CD, *Undenied* (...*For so bare is my heart, I can't hide*...) — mój ulubiony zespół, z którym występowała Björk. Tato myśli, że kiedy zapala się małe światełko, to w nim jestem ja. Szeroki uśmiech towarzyszy temu marzeniu.

Opowieść rodziców zmierza ku końcowi. Noc z piątku na sobotę, moje niezwykłe zmęczenie, poranna gorączka, koniec z prezentami, pogotowie ratunkowe, szpital i wreszcie moja śmierć o godzinie 16.17. Nagła cisza. Zewsząd słychać westchnienia.

W głębi sali wstaje Annie, ze wzrokiem utkwionym w oczach mamy śpiewa *gwerz** w taki sposób, w jaki można to śpiewać w podobnej sytuacji, bez jakichkolwiek elementów folkloru, bez żadnej maniery. Tato będzie wybuchał szlochem zawsze, kiedy o tym wspomni. Nigdy żadna pieśń nie wydała mu się tak prawdziwa. Nie zna ani słowa po bretońsku, ale mimo to rozumie wszystko — przemawia do niego muzyka.

...Marv eo ma mestrez, marv ma holl fiañs,
Marv ma vlijadur ha tout ma holl esperañs,
Biken'mije soñjet nar marv a deufe...

---

* Rodzaj tradycyjnej bretońskiej ballady.

...Moja ukochana umarła, umarła moja ufność,

Umarły moja rozkosz i cała moja nadzieja,

Nigdy nie myślałem, że może przyjść śmierć...

W balladzie śpiewanej przez Annie jest wszystko, czułość, rozpacz, serdeczność, światło, ból. Tato znajduje się na granicy ekstazy i załamania. To prawdziwa ceremonia. Tato jest podekscytowany. Magiczna ceremonia. Tata drży. „Co za radość!" — szepcze mu do ucha diabeł Trenet. Tato majaczy. Objawy przyspieszonej cyklotymii*. Stop! Na twarz taty powraca wyraz żałoby. Żadnej radości.

Nadchodzi moment, kiedy trzeba dać znak karawaniarzom, że mogą zająć się trumną i przetransportować ją do pieca. Rodzice zdobywają się na ten trudny dla nich gest. Następnie wchodzą do więziennej rozmównicy przy krematorium. Chcą jeszcze raz spojrzeć na moją trumnę. W rzeczywistości patrzą już nie na trumnę, ale jej znikanie.

---

* Termin z psychiatrii — gwałtowne zmiany nastroju od euforii do depresji.

Zamykają się rozsuwane drzwiczki pieca. Ratunku! Ogień!

W tłumie zgromadzonych gości rozlega się muzyka w wykonaniu Youvala, często ją słyszałem, będąc dzieckiem. Youval mieszkał piętro pod nami.

Protokół z krematorium: „Trumna z ciałem została wsunięta do wcześniej rozgrzanego pieca o godzinie 15.31".

Tato i mama nie chcieli, żeby uroczystość skończyła się smutnym pobytem w pobliskiej kawiarence w oczekiwaniu, aż będzie można odebrać urnę. Wszystko odbywa się więc nadal w cieniu pomrukującego pieca. Wspomnienia, muzyka, milczenie, przesłania, od czasu do czasu szlochy przez prawie półtorej godziny. Na dworze pada deszcz. Wyłania się sylwetka Pierre'a niczym echo wiersza, który przed chwilą przeczytał mój kolega Antoine. Obecność Pierre'a, choć spóźnioną, wszyscy przyjmują z ulgą. Obawiano się, że nie znajdzie on w sobie dość energii, żeby przyjechać na pogrzeb. Pierre i Antoine byli moimi najbliższymi przyjaciółmi. Inteligencja Pierre'a zawsze mnie fascynowała. Robiła także wrażenie jego niezwykła jasność umysłu. Pierre nie wchodzi do krematorium, przechadza się tam i z powrotem przed oszklonymi drzwiami. Tato waha się, czy do niego podejść. Chce być możliwie jak najbliżej mamy i ognia, który mnie pożera. Toczy się w nim gwałtowna walka. Zostać? Przywitać Pierre'a? Tato nie może się zdecydować. Wychodzi do ogrodu, ale nie chce opuszczać ceremonii. Będąc już na dworze, stwierdza z zaskoczeniem, że wyjście było dobrym sposobem, aby się do mnie zbliżyć. Bierze dłoń Pierre'a w swoje ręce, tak jak robił to ze mną. Pierre przyjmuje ten gest. Obaj dotykają się łagodnie głowami — publiczna serdeczność. Pierre nie chce wejść do krematorium. Tato nalega. Słyszy, że Noémie i Christophe grają w sali Ravela. Tato chciałby posłuchać duetu — skrzypiec i wiolonczeli. Jednak teraz zależy mu na tym, żeby być z Pierre'em. Chciał także zostać z mamą. I ze mną. Tato chce wszystkiego naraz. Jest targany na wszystkie strony. Nie umie wyjść z tego impasu.

Śmiało, tato! Bierz wszystko, czego pragniesz! Skoro Pierre nie chce wejść do środka, można przenieść ceremonię do ogrodu. Chcesz słuchać muzyki?

Otwórz drzwi krematorium. Tato wraca do Pierre'a, muzyka podąża za nim, a wraz z nią czułość Martine. Pierre, tata, mama, przyjaciele i muzyka są razem ze mną. Tato już nie jest rozdarty.

Po raz pierwszy tato przyjmuje Pierre'a takiego, jakim on jest. Niegdyś nie akceptował go z powodu narkotyków i złych ocen, ale dziś zrozumiał: Pierre to przyjaciel Liona. Wczoraj wieczorem Pierre przywiózł im do Douarnenez filmy i zdjęcia — mnóstwo wspomnień z hulanek naszej grupy nierozłącznych kumpli, które były przyczyną poważnych obaw mamy i taty — haszysz, alkohol, zatargi z profesorami, gry wideo całymi nocami, wszystko to, czego według moich rodziców powinien unikać ich syn licealista. Tato szukał mnie na zdjęciach takiego, jakiego znał. Zobaczył innego: pełnego energii wesołego chłopaka, jakiego nie widzieli od wielu, wielu lat. Zaskoczenie. Żal. Niezrozumienie. Nawet uraza. W stosunku do siebie, do mnie? Poza tym, biorąc wszystko pod uwagę, nie miał właściwie wyboru, nie było już czasu na prawienie morałów.

Tato zbliżył się do mnie.

136

...Pozdrowiłem słońce, podniosłem prawą dłoń,

Ale nie zwróciłem się do niego, żeby je pożegnać,

Dałem mu znać, że jestem szczęśliwy, iż je widzę,

Nic więcej.

Kiedy tato wrócił z ogrodu, gdzie Pierre wolał zostać mimo deszczu, Jacques czytał właśnie wiersz. Fernando Pessoa. Przed kostnicą szpitala, gdzie zaledwie trzy dni temu umarłem, tato pozdrawiał słońce, wołając: „Niech żyje życie, mimo wszystko niech żyje życie!". Teraz, kiedy zamknął się piec i wszystko się w nim spala, tato zdaje sobie sprawę z tego, że było to śmieszne. A niech diabli wezmą tego Pessoę! Pozdrawianie słońca nie ma już sensu. Niemożliwe jest marzyć przy tak nikłym świetle.

Tato siada w ostatnim rzędzie w krematorium. Jean-Claude gra *Impromptu* Schuberta. Ges-dur. Tato roztrząsa w myślach kremację. Jean-Claude powiedział mu, że w dniu końca świata Bóg, tak jak obiecał, dokona aktu wskrzeszenia wszystkich zmarłych bez względu na to, czy ich ciała zostały pochowane do ziemi czy spopielone. Odrodzenie miliardów zmarłych bez wątpienia będzie niezwykłym dziełem. Tato śmiał się na myśl o tej całej zwariowanej robocie, która czeka Boga. Kości czy popioły to chyba wszystko jedno? W ten sposób usunięte zostało jedno z jego uprzedzeń odziedziczonych po katolicyzmie. Urny i trumny czeka ten sam los.

Jednak przy kremacji pozostaje problem żaru, czerwonego płomienia w piecu. Tato nie cierpi upałów. Kiedy spacerowaliśmy razem, zawsze chciał chronić się w cieniu murów. Nie rozumiałem tego, że on tak źle znosi to, co mama uwielbiała. Między innymi dlatego nigdy nie brał pod uwagę własnej kremacji, bo nie chciał być usmażony — ani na ziemi, ani w piekle. „Kremacja" — słowo to zabrzmiało w nim niczym grzmot, kiedy mama wymówiła je szeptem w zakładzie pogrzebowym. Ostatecznie tato nie roztrząsał tego tematu.

Nadal tego nie robi. Stara się tylko myśleć o popiołach. Nie jest to łatwe.

Protokół z krematorium: „Kremacja zakończyła się o 16.58, prochy zostały zebrane do urny i przekazane rodzinie".

Po ceremonii w Carhaix moje prochy pochowano w ulewnym deszczu na cmentarzu w Ploaré. Prawdę mówiąc, „pochowano" oznacza tyle samo co „pogrzebano". Nie jest to wprawdzie to samo słowo, ale jeśli urna z prochami została wstawiona do niszy, którą zamurowano cementową płytą o regulaminowym wymiarze trzech metrów kwadratowych, miałem wrażenie, że zostałem pogrzebany jak wszyscy inni ludzie. Jednak bez krzyża. Ani mama, ani tato nie życzyli sobie krzyża. Mój grób jest jednym z nielicznych na tym cmentarzu, które nie są zwieńczone krucyfiksem z Chrystusem z przechyloną na prawo głową (pytanie dla bywalców cmentarzy — dlaczego tak rzadko figura Chrystusa ma głowę przechyloną na lewo?).

Jest jednak jedno małe „ale". Na chwilę przed wyruszeniem na cmentarz tato i mama zrobili coś jakby na przekór sobie. Otworzyli urnę. Jest to mniej świętokradcze niż otworzenie trumny, ale mimo wszystko ogarnęło ich drżenie. Pragnęli jeszcze raz zobaczyć coś z ich syna, ten ostatni raz przed pogrzebaniem go na zawsze. Nie poprzestali jednak tylko na patrzeniu. Mama wzięła łyżeczkę i wyjęła nią garstkę popiołu, którą chciała mieć w domu. Tato zrobił to samo, nie odwołując się już do żadnych teorii na temat rozdziału zmarłych od żywych. To był koniec z wszelką racjonalnością. Pozostał już tylko pierwotny przymus — zachować coś z syna, który odchodził. Tak więc na cmentarzu moje prochy znalazły się prawie w całości oprócz dwóch garstek przesypanych do dwóch malutkich pudełeczek — jedno leży teraz w szufladzie u mamy, drugie stoi na półce z książkami u taty.

Kilka tygodni potem. Przyjaciel Giloup ustawia na moim grobie najpiękniejszy dar — głowę lwa ważącą trzydzieści—czterdzieści kilogramów. Wyrzeźbił ją jego dziadek kilkadziesiąt lat temu. Kamienny pogański totem pośród lasu krucyfiksów, nawiązanie do mego imienia znaczącego „lew". Lwi przodek czuwa odtąd nade mną na cmentarzu w Ploaré. Spokojna, życzliwa, solidna głowa stoi tam, tak jakby stała od wieków.

Rozdział 5

— *Kiedy myślę, że czegoś mi brakuje, czy znaczy to, że powinienem nadać temu nazwę?*
— *Tak, i myśl życzliwie o każdym braku. Przyjmij go dobrze.*

ERRI DE LUCA

W korytarzach nocy [...] śmierć staje się tym, czym jest — bezterminowym rozdzieleniem, przerywanym krótkimi, ekstatycznymi spotkaniami. Bez snów śmierć byłaby śmiertelna, a może nieśmiertelna? Jest jednak w niej rozdarcie, nicość, oszustwo. Z jej terytorium wymykają się zjawy, które przynoszą nam, śmiertelnym, pocieszenie.

HÉLÈNE CIXOUS

Mama otwiera drzwi mojego pokoju: „Już pora, musimy jechać". Ja jednak nadal śpię, przykryty kołdrą. Mama zamyka drzwi. Jestem szczupły, zbyt wychudzony, ale dla niej i tak jestem piękny. Mama podziwia mnie i odwraca wzrok — leżę na łóżku prawie nagi przed przyjazdem pogotowia w sobotę, w dniu mojej śmierci.

Mama opowiada o tym tacie, który zaczyna płakać. Przyczyną tych łez jest oczywiście moja śmierć, ale także poprzedzające ją godziny, które stracił w tę sobotę na wypełnianiu zakupami wózka w supermarkecie. Wystarczy nacisnąć odpowiedni guzik i tato płacze.

Przywołują wspomnienia moich wizyt. „Wydarzenia nocy" — mówił Victor Hugo. „Radość z pojawiania się zjaw" — pisała Hélène Cixous. Czekali na moje wizyty, na tę radość.

Nie zachowują się rozsądnie. We wszystkich przedmiotach, których dotykają, szukają mnie zmarłego. Obecnie ich ulubionym miejscem jest cmentarz. Spontaniczne zachowanie, kiedy są sami — ręce splecione, głowa przy głowie, łzy. Moje zdjęcia są w domu wszędzie. Nie pomaga to im powstrzymać łez.

Sylogizm — tato płacze za każdym razem, kiedy o mnie myśli. Jest szczęśliwy tylko wtedy, kiedy o mnie myśli. Tak więc za każdym razem, kiedy płacze, jest szczęśliwy.

Tato oznajmia, że hazard przestał dla niego istnieć. Powiada, że moja śmierć uświadomiła mu, co to znaczy coś stracić. Granie byłoby kuszeniem demona, próbą uniknięcia przegranej. Tato mówi, że oddałby wszystko, żebym tylko nie umarł. Ciekawe, kolejna formułka, która nie jest niczym innym, tylko zwykłym banałem, a przy tym jest dość prawdziwa: „Oddałbym wszystko, żeby on nadal żył!". Tato czułby się źle, gdyby wygrał na loterii. Stracił wszystko i wygląda to tak, jakby uważał, że powinien pozostać wierny tej stracie. Nie ma już nic do wygrania.

Mimo to tato gra na loterii. W kiosku wypisuje datę mojego urodzenia, tę samą, którą mylnie podał lekarce z pogotowia. Usiłuje chociaż tym sposobem zatrzeć swój idiotyczny błąd, swoją głupotę.

W losowaniu w następną środę i sobotę numer 19 nie wychodzi. Ani 21 — liczba moich lat. Ani 4 kwietnia, ani 28 (od 1982, kiedy się urodziłem, przestawione 82 na 28, tym bardziej że jest to data jego urodzin). Fiasko na całej linii. Nieubłagana numerologia. Tato zawsze przegrywał na loterii.

Trzy dni urlopu na żałobę, jakie daje się ustawowo w pracy. Jak je spędzają matki i ojcowie, którzy tracą synów? Trzy dni łez na cmentarzu, a potem powrót do roboty? Tato nie wyobraża sobie, jak można po czymś takim wrócić do pracy. Natychmiast jednak zaczyna próby z mamą. Twierdzi, że to nie to samo, że czeka ich przygotowanie spektaklu *La Désaccordée*, którego premiera zapowiadana jest od sześciu miesięcy. Żadne z nich nie miałoby nic przeciwko, gdyby spektakl odwołano. Po takim przeżyciu! Cztery tygodnie po żałobie! I tak dalej. Ale nie, nie, próby do spektaklu odbywały się za mojego życia, w ubiegłym miesiącu, i dlatego uważają, że trzeba doprowadzić to do końca. Zdradzą mnie pod pretekstem: „Lion stanowił część atmosfery tego przedstawienia". Wracają do pracy. To ich trzyma przy życiu.

Jednym z miejsc, gdzie tato czuje się najbardziej w zgodzie z samym sobą, jest cmentarz w Ploaré.

Światło z zatoki w Douarnenez. Kamelia zasadzona tuż przy moim grobie. Niedługo, bo już w styczniu, zakwitnie mimoza. Rośliny zimowe rosnące nad kamienną wiecznością niczym marzenie o życiu w kraju zmarłych.

Régine dzwoni do taty na komórkę, żeby mu powiedzieć, że przyjedzie na premierę *La Désaccordée*. Sądzi, że przeszkadza tacie w pracy na scenie, w gorączkowej atmosferze na kilka dni przed premierą. Ale się myli. Tato siedzi zalany łzami: „Jestem na cmentarzu, tak tu pięknie".

Kiedy Susan i Robert podeszli do niego po spektaklu z gratulacjami, powiedział:

— Nigdy już nie będę w pełni szczęśliwy.

I w tym momencie wierzył, że mówi prawdę. Nie, tato, ta prawda nie jest prawdziwa, jest w tym wielka przesada. Na przyszłość nie bądź tak nierozsądny i nie używaj słów „nigdy", „zawsze". Przyjmij komplementy Susan i Roberta i nie mów nic o szczęściu. Żeby do ciebie wróciło. Zresztą za rok umrze córka Susan i Roberta. Twoi angielscy przyjaciele użyją znów tego identycznego zdania, nie zdając sobie sprawy, że od ciebie je usłyszeli. W smutnych dla nich okolicznościach stanie się dla bardzo aktualne.

— *We know, we never will be happy.*

Uwaga, niebezpieczeństwo — słowa dotyczące śmierci są chyba zaraźliwe.

Dawniej zdarzało się tacie interesować przyszłością świata. Zastanawiał się, jaki będzie mój świat, ten, który sobie stworzę, którym będę kierował, któremu będę musiał ulec, w którym będę żył jako dorosły za dziesięć, dwadzieścia lat. Jedyne, co mógł zrobić, to przekazać mi świat nadający się do egzystencji. Teraz nie ma już nic, tato nie wyobraża sobie przyszłości. W gazetach omija artykuły o tym, co ma się kiedyś wydarzyć. Jaka będzie temperatura na Ziemi w 2030 roku? Nie myśli o tym ani o emeryturach, ani o atomie, ani o postępie. Już go wtedy nie będzie, ani mnie, ani jego wnuków, ani prawnuków i tak dalej. Przyszłość naszej planety staje się jedynie tematem teoretycznej debaty. Ekolodzy być może mają rację, ale papki ideologiczne do niego nie przemawiają. Po moim odejściu polityka stała się dla niego chaotycznym dryfowaniem, to za bardzo na lewo, to za bardzo w kierunku lewicy centrowej, to w kierunku anarchistycznym z tendencją liberalno-libertyńską, w każdym razie nigdy na prawo.

Tato i mama przechodzą przyspieszoną edukację. Ludzie pytają ich, jak znoszą moje odejście. Spodziewają się odpowiedzi, że jest to nie do zniesienia. Chcieliby wiedzieć, jak mnie opłakują, jak mogą żyć i pracować, mając świadomość mojej śmierci. Kłopotliwe pytania. Rodzice nie są wzorem współczesnych stoików. Jak w tym samym czasie żyć, śmiać się i płakać?

Nauczyli się tego od Bergmana: „Wszyscy jesteśmy analfabetami w sprawie uczuć".

Kiedy muzycy wyszli, tatę ogarnął szczególny smutek. Ich obecność łagodziła ból. Muzyka działała na niego niczym balsam.

Tato jest wściekły. Agencje nieruchomości przeglądają w gazetach nekrologi i zgłaszają się potem do rodzin, oferując swoją pomoc. Przeczytali informację o mojej śmierci w „Le Monde", w „Ouest-

-France" czy też w „Le Télégramme". Dzwonią na ogół około południa, w porze lunchu. Proponują pomoc przy sprzedaży moich rzeczy. Nalegają. „Mówi pan, że jaka to agencja? Proszę przeliterować nazwę. Pisze się przez s czy ç? Rozumiem. Dziękuję, zanotowałem". Domyślają się dreszczu emocji na drugim końcu linii, pogrążona w żałobie ofiara połknęła przynętę. Wówczas tato z mściwą radością dodaje: „Proszę powiedzieć swojemu szefowi, że nigdy, ale to przenigdy moja noga nie przekroczy progu waszej agencji hien cmentarnych. Ponadto rozgłoszę wszędzie, że chcieliście wykorzystać śmierć mojego syna do zrobienia interesu". Tato w antykapitalistycznym szale.

Jako nowy abonent „Le Monde" otrzymałem informację, jak korzystać z rubryki drobnych ogłoszeń w „Carnet Rose" o ślubach i zaręczynach. Odbierał to wszystko tato, niedoszły dziadek. Dodali, iż mają nadzieję na długą ze mną współpracę! Co za pech, jako ich abonent pobiłem rekord krótkotrwałości tej współpracy — zaledwie dwadzieścia cztery godziny!

Tato i mama rzucają się na łóżkach, nie mogąc zasnąć. Nie pomaga telewizja, nie pomaga gazeta. Brak odwagi, żeby zabrać się do powieści. Tato mówi, że nie jest w stanie teraz czytać powieści. Może łzy i żałoba nie dają się pogodzić z fikcją. W kinie to co innego. Tato i mama obejrzeli z ogromną przyjemnością, która ich zaskoczyła, film *Tylko nie w usta* w reżyserii Alaina Resnais, według Maurice'a Yvaina. Tak więc w okresie żałoby obrazy były do przyjęcia, pismo — nie.

Gram w ping-ponga. Tak się nazywa gra, w której piłka posyłana wam przez przeciwnika ma pokazać umiejętności waszej gry, a nie sprawiać wam trudności. Dla mnie ping-pong to walka. Mama była bardzo dumna ze mnie, kiedy w Châteaulin walczyłem jak szalony, żeby zdobyć puchar. Mój udział w zawodach spełnia jej własne aspiracje.

Tato zastanawia się, komu podarować piłeczki pingpongowe, które kupowałem setkami, bo jakoby miało to być taniej.

Obydwoje są w łóżku. Przewracają się z boku na bok. Milczą. Rozmawiają, trzymając się za ręce. Nic nie pomaga. Płacz, ucisk w brzuchu. Mama wstaje i gimnastykuje się na podłodze. To jej sposób na sen, podobnie jak masaż. Wdech, wydech, rozciąganie, ruchy szyją, małe piłeczki tenisowe pod uchem, lekko nadmuchana piłka pod karkiem, wdech, wydech... Przedtem poprosiła tatę, by ją pomasował. Tato czuje się zobowiązany to zrobić. Mama czuje, że on się zmusza. To na nic. A przecież, tato, w moją ostatnią noc masowałeś mnie tak jak trzeba. Czy nie mógłbyś zrobić takiego wysiłku dla mamy?

Nie miałem przekonania do tego w tamtą noc bardziej niż teraz. Nie wierzę w masaż wykonywany przeze mnie. Wiesz dobrze, że mam do siebie żal o to, że źle ją masowałem — przemawia do mnie w duchu.

Tato nie lubi masować innych. Lubi natomiast, kiedy to jego masują — terapeuta, mama, Giloup, Bertrand, Patrick — lista jego szamanów jest bardzo długa. Tato wierzy w skuteczność masażu wykonywanego na nim.

Mama udała się z opóźnieniem do ubezpieczalni społecznej, żeby załatwić zaświadczenie o mojej chorobie. Odmówiono jej wydania dokumentów: „Pani książeczka rodzinna jest nieważna! Musi pani wykreślić z niej syna". W urzędzie stanu cywilnego merostwa, gdzie mama się udała, cała we łzach, urzędnik wydał akt zgonu numer 316. Teraz dokumenty są w porządku, wszędzie jestem już uznany za zmarłego, można odebrać odszkodowanie. Mama jednak nie idzie do ubezpieczalni, jest zbyt zdenerwowana.

Firma ubezpieczeniowa przekazuje rodzicom pieniądze, które im się należą po moim zgonie. „W tym roku — mówi tato — nie musimy się martwić o finanse". To, co otrzymali z ubezpieczenia, wystarczy nawet na opłacenie grobu.

Mama szuka czegoś w telewizji. Nic. Chciałaby obejrzeć jakiś film dokumentalny o zwierzętach. W tym momencie najbardziej odpowiadałby jej film pokazujący pandy albo wielbłądy na pustyni, albo pingwiny na dryfującej krze lodowej. Zwierzęta i krajobrazy — tylko dzięki temu mogłaby się odprężyć. Na wybranym na chybił trafił kanale nadają dzisiaj film o sawannie. Tato nieoczekiwanie protestuje: „Żadnych filmów o drapieżnikach!". Awantura w sypialni. Łzy leją się ciurkiem z oczu taty, mama szlocha. Sama myśl, że mogliby oglądać małe lwiątka biegające, bawiące się, ssące, śpiące, przytulone do matki, przyprawia ich o szaleństwo. W panikę wprawia ich zestawienie imienia syna z obrazem lwiej rodzinki.

Zaledwie usiedli w kabinie samolotu i wzięli się za ręce, w ich oczach ukazały się łzy. Kiedy samolot osiągnął pełną wysokość, łzy płynęły już ciurkiem po ich policzkach. Steward się zaniepokoił. Czy aż tak się boją latać samolotem? Tato dotyka ramienia stewarda i mówi przez łzy:

— Nie, nie, wszystko w porządku, po prostu jesteśmy w żałobie.

Skrzynka pocztowa przepełniona korespondencją. „Kondolencje, ból, cierpienie, straszna strata" — wszyscy usiłują na próżno znaleźć odpowiednie słowa. Student lingwistyki mógłby napisać pracę licencjacką na ten temat. Nadawcy osiemdziesięciu procent listów, które rodzice otrzymali, wyrażają tę samą bezradność w znalezieniu właściwych słów, żeby wyrazić... A tak naprawdę, co chcieli wyrazić?

Właściciele firm kamieniarskich dają im wybór między „skromną elegancją pomnika z ciemnego granitu" a „harmonią pomnika o opływowych kształtach z himalajskiego granitu". Proponują również pomniki „klasyczne, inspirowane antykiem". Wśród tych propozycji wymieniane są także grobowce „artystyczne, figuratywne, abstrakcyjne, poetyckie lub symboliczne". Kładą nacisk na „równowagę krzywizn steli", „odpowiednie proporcje zaokrągleń", „majestatyczność i skromność", jaką powinien charakteryzować się „ten cenny dowód pamięci". Mogą doradzić pomnik „klasyczny i dyskretny" za cenę trzech tysięcy euro, jak również „wysoki, ale skromny" za trzy i pół tysiąca, może być również „oryginalny i subtelny" albo znacznie droższy, bo „tradycyjny, robiący wrażenie".

Oni woleliby pomnik tani, solidny, w starym stylu.

Ich uwagę przyciąga wesoła nagrobna tablica z pleksiglasu z mapą departamentu Cantal i krowami rasy Salers. Nie urodziłem się ani nie umarłem w Auvergne, ale nie ma akcesoriów pogrzebowych z wizerunkiem bretońskiej sroki modrej. Trudno.

Zgarbione plecy, twarze pobrużdżone łzami, przytłaczająca samotność, sterane życiem sylwetki, cisza, pustkowie, lodowaty wiatr, złamany starzec — i ty także, tato, będziesz wkrótce jednym z nich, kiedy przyjdziesz na cmentarz w Ploaré.

Dors mon adorée que le soleil dora, dors.
„Śpij, moja złota, którą słońce ozłociło, śpij". Ten wiersz Paola stał się ich refrenem. Obok Pierre'a-Alaina Paol jest autorem jednego z kilku spektakli, które tato wystawił na scenie. W *Dieu et Madame Lagadec* zagrała również mama. To przedstawienie zrealizowali na pół roku przed moją śmiercią. Z pewnością potem nie byliby w stanie tego zrobić. Teraz, w trakcie pierwszej zimy ich żałoby, Paol powiedział im zaskakującą rzecz, że umarłem tego samego dnia, dwudziestego piątego października, co ich córka Dora kilka lat wcześniej. Miała dwanaście lat, a ja dwadzieścia jeden. Mamie zakręciło się w głowie. Tam 25.10. i tu 25.10 — 12 lat to odwrotność cyfry 21. Bliska

jest pogrążenia się w numerologii. Czy szukanie w tym sensu może w czymś pomóc? Tato nie chce próbować. Cyfry nie mają sensu. MAJĄ-ZNACZENIE-JAKIE--IM-SAMI-PRZYPISUJEMY-KONIEC-KROPKA! Wykrzyknie to głośno, co dobrze mu robi.

Małe dziecko, twoje dziecko, w kołysce. Bierzesz je w ramiona. Jest lekkie i maleńkie! Zbliżasz je do swojej twarzy. Patrzę na ciebie, uśmiecham się, szczebioczę wyraźnie: „ta-ta". Powiedział do mnie „tata"! Płaczesz z radości we śnie. „Lion ma zaledwie trzy miesiące, powiedział do mnie «tata», powiedział «tata». To jego pierwsze wypowiedziane do mnie słowo". Tato jest wzruszony, chciałby, żebym powtórzył te dwie magiczne sylaby. Ale nie, ani we śnie, ani na jawie. Nie.

Odległe echo *la belle Dora doreé*, pięknej złotej Dory Paolo. Mama i tata wymyślają własną nieszczęsną aliterację:

— *Lion, lions, allions, aillons, au lit, nous allions, allions-nous...*

Nie ma w tym muzyki.

W ostatnich dniach tato nieustannie odczuwa jakiś żal. Obraz, który teraz wraca do niego najczęściej, to nie supermarket, ale wieczór, kiedy rozstał się ze mną przed drzwiami opery w Rennes. Było bardzo zimno i chciałby, żebym zaprosił go do siebie. Przykro mi, tato, ale miałem tam straszny bałagan, poza tym znalazłbyś marihuanę i z pewnością byśmy się posprzeczali. Tacie się marzy, że rozmawialibyśmy całą noc, rozumiejąc się jak nigdy. Ma też wyrzuty sumienia z powodu czwartku. Jest przekonany, że nie powinien był zostawiać mnie po lunchu i iść na spotkanie w centrum kultury. Wspomnienia, które wracają, mają posmak goryczy.

„U nas, w Japonii — napisał do niego Susumu — kiedy traci się członka rodziny, prosi się wszystkich znajomych i przyjaciół, żeby nie przysyłali życzeń noworocznych".

Ostatnie słowa, jakie wypowiada na scenie Madame Lagadec, to „drań". Kieruje je do Boga, który zabrał jej wnuczkę.

Często Mu to mówią.

— Ani na cadillaca, ani na porsche, ani nawet na rolls royce'a nie zamieniłbym mojego syna!

Arab, podpity, wzruszający, powtarza z naciskiem:

— Słyszysz? Nie zamieniłbym mojego syna na nic!

— Tak, tak, zgadzam się z tobą, ja też nie zamieniłbym mojego syna na całe złoto świata — odpowiada mu ojciec.

Dwaj pijani miłością ojcowie czekają na autobus.

Nagle jaskrawe wspomnienia o tym, jak serdecznie żegnaliśmy się przed Hôtel Président, jednego wieczoru z mamą, a następnego dnia z tatą. Każda chwila szczęścia jest wiecznością. Spinoza, Vladimir Jankélévitch, Deleuze, Séverine Auffret — te same doświadczenia.

Niespodzianie wraca zwątpienie we wspomnieniach o szczęściu — może legł już na mnie cień śmierci i dlatego, nie zdając sobie z tego sprawy, nadaliśmy taką wagę tym uściskom. Żale pozostają wieczne.

Mimo wszystko niech żyje życie! W kostnicy, kiedy zaczął krzyczeć jak oszalały, wyłoniły się słowa ukryte gdzieś głęboko w nim, sprzed czterdziestu lat, kiedy protestował w demonstracjach anarchistycznych i antyfrankistowskich. Jak to było? *Muerte a la muerte?* Już nie pamiętał. W artykule opublikowanym pół roku przed moją śmiercią tato pisał: „Niech żyje życie!", powtarzając to zdanie niczym refren. To zobowiązuje.

Cmentarz. Idę ulicą Laennec, która prowadzi do centrum miasta. Spotykam tatę w miejscu, gdzie ulica Laennec krzyżuje się z drogą na Brest. Bardzo wąskie rozdroże. Rozmawiamy. Przede mną, za plecami taty, apteka ze świetlnym, czerwonym napisem, na który nie sposób nie patrzeć, pokazującym datę, godzinę i przede wszystkim temperaturę. Świeci zielony krzyż, ale oko przyciągają czerwone litery. Jest 15 czerwca 2004 roku, godzina 11.12, temperatura powietrza 13°C.

— Rzeczywiście postaraliście się, robiąc to wszystko dla mnie na cmentarzu.

Po przebudzeniu tato wcale nie jest zdziwiony, że mu to powiedziałem, bo podczas niemal codziennych wizyt cmentarz w Ploaré stał się wspaniałym miejscem w jego oczach.

Tato opowiada mamie o naszym nocnym spotkaniu. Mama jednak jest zdziwiona.

— Przecież nic jeszcze nie zrobiliśmy. Nawet nie zdecydowaliśmy jeszcze, jaki wybierzemy grobowiec. Tam jest jeszcze pusto.

Czy w tym śnie zażartowałem sobie z ciebie, tato?

Rodzice postanawiają zakończyć sprawę mojego grobowca. Decydują się na „pomnik wyciosany z kamienia popularnego w naszym regionie". Oczywiście z granitu. Tato mówi:

— Przetrwa wiele lat, jeśli będziemy opłacać to miejsce.

Na cmentarzu pojawia się co pewien czas przyklejone plastrem na jakimś grobie ogłoszenie: „Prosimy o uregulowanie opłaty". Kiedy oni umrą za dziesięć, dwadzieścia, najdalej za trzydzieści lat, nie będzie już komu uiszczać opłaty. Wydobędą z grobu pozostałe szczątki i wrzucą je do wspólnego dołu, gdzie moje i ich popioły wymieszają się na wieczność z popiołami i szczątkami innych zmarłych.

Czy nie będzie już nikogo, kto by zajął się naszym grobem? Tato cierpi z tego powodu, że nie ma potomstwa.

Po upływie następnych kilku miesięcy tato i mama każą wyryć moje imię i daty mojego życia na tablicy z tego samego granitu, z którego wykonano mój grób. Tablica jest starannie wyciosana, ma siedemdziesiąt centymetrów długości na czterdzieści szerokości i dziesięć grubości. Zdecydowali się na taki rozmiar, żeby łatwo było ją zmienić. Drobna bitwa z wieczną niezmiennością. Przede wszystkim ten pomnik nie może być ostateczny. Kwiaty, które tu rosną, mają też temu służyć — efemeryczność przeciwstawiona trwałości kamienia.

Kamieniarz, żeby wyrzeźbić tablicę z moimi danymi, musiał odciąć z granitowego bloku trzy tej samej grubości kawałki. Tato w przypływie makabrycznego i wątpliwego poczucia humoru — być może to jego sposób na wyrażenie gniewu z powodu mojej śmierci — powiedział:

— Trzy nagrobne tablice! Poza tą dla naszego syna dwie dodatkowe na przyszłość, jedna dla mamy, druga dla taty!

Moje imię, nazwisko rodowe mamy, nazwisko taty, data mojego urodzenia i data śmierci. Tablica granitowa może być przesuwana, zmieniać miejsce w zależności od upodobań odwiedzających mój grób, wyżej, niżej, w poprzek... Dwie pozostałe granitowe tablice czekają w domu, gotowe do użycia.

Gdy przyszła pora opłacenia zlecenia, tato wystąpił z niezbyt stosowną propozycją, pytając kamieniarza:

— Czy nie zechciałby pan wygrawerować od razu i nasze płyty nagrobne i obniżyć przez to cenę?

Chciał, żeby kamieniarz wykonał napisy dla niego i dla mamy na dwóch pozostałych tablicach — imiona, nazwiska, daty urodzenia i pierwsze cyfry daty śmierci: 1942-20.. i 1947-20.. — brakowałoby tylko dwóch nieznanych jeszcze cyfr.

— Nigdy nie wiadomo, kiedy się umrze, ale to nieznane ogranicza się jedynie do dwóch cyfr.

Kamieniarz nie chciał robić czegoś tak niestosownego. Tak więc, uwzględniwszy przesądy, dwie tablice pozostały dziewicze. Ustawione w kącie tarasu czekały obojętnie na śmierć taty i mamy, by dołączyć do mojej tablicy.

Tato wertuje archiwa Opery Paryskiej — rękopisy, wycinki z gazet, recenzje ze spektakli i tym podobne. Oto cenny dokument, intymny dziennik Freuda. Tato szuka fragmentów dotyczących śmierci jego córki. Trafia na ciekawe strony na temat opery Berlioza. Słyszy ostatnie słowa Dydony przed śmiercią: „ Kończy się moje życie". We śnie tato stwierdza, że tak naprawdę przegląda listy Victora Hugo pisane po śmierci Adèle. Po przebudzeniu kołacze mu się w głowie oklepany dwuwiersz, który zapamiętał z czasów liceum:

Już nie oskarżam, już nie złorzeczę,

ale pozwólcie mi płakać*.

Mimo przygrzewającego silnie słońca jakaś kobieta czyści starannie sąsiedni grób. Wyciera go szmatką, energicznie, zdecydowanie. Zaczęła od podstawy krucyfiksu, teraz dochodzi do stóp Chrystusa, potem torsu, twarzy, ramion. Kobieta zatrzymuje się dłużej na jednym elemencie. Tato nagle uzmysławia sobie: „To niemożliwe! Ona dotyka członka Jezusa!". Rzeczywiście trwa to dość długo. Potem kobieta odchodzi. Ani przez chwilę nie płakała, ani się nie modliła. Tylko czyściła grób, pucowała Chrystusa.

Codzienne szaleństwo porządków na cmentarzu.

---

* Victor Hugo, *W Villequier* — wiersz napisany po tragicznej śmierci dwudziestoletniej córki poety, Léopoldine.

To historia o jednym lekarzu. Pewnego dnia lekarz ten wraca do domu zmęczony, wszystko go boli, ma temperaturę, wymiotuje. Kładzie się do łóżka. Żona stwierdza, że jest naprawdę chory. Pewnie ma ciężką grypę lub coś w tym rodzaju. Następnego dnia lekarz budzi się z bardzo wysoką gorączką. Nie może nawet wstać z łóżka. Zauważa na ramionach małe fioletowe plamki. Rozpina piżamę — cały jego tors jest usiany takimi plamkami. Wszyscy lekarze uczyli się na studiach rozpoznawać tę chorobę — *purpura fulminans*. Każe się czym prędzej zawieźć do szpitala. Koledzy potwierdzają jego własną diagnozę i mimo to chcą podjąć się leczenia. Lekarz wie, że jest już na to za późno. Nie zgadza się na narkozę i niepotrzebną operację. Woli poświęcić ostatnie godziny, jakie mu zostały, na rozmowę z żoną.

Ktoś opowiada tę historię mamie i tacie. Na jakiś czas zagłusza to w nich poczucie winy.

Tylko ci, którzy stracili dziecko, mogą w pełni odczuć ból drogi krzyżowej odbywanej niegdyś w kościołach.

Bileterka w kinie jest studentką. Ma dopiero dwadzieścia trzy lata. To ona jest zobowiązana zamykać kino po ostatnim seansie. Wszyscy widzowie już wyszli, został tylko on, ostatni widz. Nie wstaje z fotela, pogrążony we łzach, wsłuchany w nieco napuszoną muzykę stanowiącą tło do ostatnich klatek filmu. „Seans się skończył" — mówi cicho dziewczyna. Podnosi na nią wzrok: „Jaka pani jest piękna!". A potem: „Chce mi się pić! Jestem bardzo spragniony! Czy zechce pani dać mi swe usta, abym mógł się z nich napić?". Ta, która odwiedziła go w nocy, zakłóciła mu spokój na długo.

Mama pojechała na próbę do Rennes. Tato otwiera małą szkatułkę z moimi prochami, tę, którą postawili w sypialni. Szkatułka ze starego jasnego drewna. Ponieważ popiół wcisnął się wszędzie, wieczko otwiera się z trudem. Trzeba użyć trochę siły. Zaledwie szkatułka została otworzona, popiół wydobywa się na zewnątrz, proszek unosi się niczym dym, lekki jak powietrze. Drobniutkie cząstki mnie rozpływają się po całym pokoju. Tato traci głowę. Zanurza nos w pył widoczny pod światło, wdycha go głęboko, chce go zachować w swoich płucach.

Zanosi się kaszlem.

Tato wciąż ma przed oczyma rzęsy moich kuzynek. Mają one dwadzieścia — dwadzieścia pięć lat. Wszystkie cztery są śliczne. Tato chciałby pogłaskać ich twarze, żeby odnaleźć rysunek mojego czoła i moich rzęs — są zadziwiająco podobne. Któregoś razu odważył się zrobić zdjęcie Aurore w szerokim planie — pozwoliła mu na to. Nie miał odwagi prosić o to samo Jennifer ani Diany. Rzęsy Aurore można teraz zobaczyć w albumie zatytułowanym *Lion, październik 2003* i na ekranie laptopa taty. Tak samo uwiecznił rzęsy pięknej Alexandre. To robi wrażenie. Kiedyś w Tokio, gdzie tato ją poznał, poprosił, by zgodziła się mu pozować z zamkniętymi oczyma (szczególnie ważne były te zamknięte oczy). Chociaż Alexandre podobnie jak ja nie cierpiała, gdy ją fotografowano, zgodziła się. Podarunek. Tato zawsze się wzrusza, kiedy ogląda te zdjęcia.

Staruszek tato kieruje obiektyw na rzęsy. Na młode kobiety.

— Jeśli chcesz wiedzieć, twoją mamę kocham bezgranicznie.

*

Tato chce się przejechać moim citroenem AX. Był to mój pierwszy samochód, który kupiłem okazyjnie latem zeszłego roku. Wyjeżdżamy razem na drogę. Ile on sam miał samochodów? Siedząc za kierownicą, liczy, jakby miała to być historia, którą zamierza mi opowiedzieć. Peugeot 404 kupiony od rodziców Rodolphe'a, kiedy był w Laborde. Miał na liczniku dwieście tysięcy kilometrów, ale sprawował się bardzo dobrze. Potem był drugi stary peugeot. Następnie ford, nowy, kupiony dzięki odszkodowaniu za zwolnienie z pracy, potem kolejny ford i jeszcze jeden. Po trzydziestu latach jest stałym klientem Forda. Ponieważ umarłem, ma zamiar zmienić markę wozu. Myśli o citroenie tylko dlatego, żeby mieć taki sam samochód jak ja.

Zachód słońca, przyjemne światło na wąskiej drodze do Plogonnec. Tato się uśmiecha.

*

Czekam na tatę przed cmentarzem, tuż przy bramie. Włożyłem bluzę, a raczej T-shirt z kapturem. Mam na sobie szerokie spodnie, które kupiliśmy razem w Nowym Jorku. Czekam tu już jakiś czas. Żeby nie przegapić, jak będzie tędy przejeżdżał.

Kiedy widzę jego forda jadącego ulicą Laennec wzdłuż cmentarza w Ploaré, robię to, co zawsze — nie mogę się od tego powstrzymać — staram się być tutaj i jednocześnie nie być. Chowam się za bramą, udaję, że wcale na niego nie czekam, że go nie widzę. Może się jednak zdarzyć, że zostanę zauważony i wszystko zepsuję. Margines postępowania jest wąski. Oczywiście zależy mi na tym, żeby tato mnie zauważył. Co więcej, chciałbym, żeby mnie wyśledził. Nie chcę jednak pokazać, że na niego czekam. Niczym dawne urojenia o zagrożeniu miłości i wolności. Neuroza.

Na ogół wszystko szło dobrze. Tato mnie widział, a ja udawałem, że go nie dostrzegam. Był szczęśliwy, że mnie widzi, potem złościł się na tę moją znaną mu dobrze zabawę w chowanego. Cieszyłem się z jego szczęścia i przeżywałem jego złość. Rodzina — zakodowane, zawiłe nawyki.

Dzisiaj widzę, że moja gra na nic się nie zdała. Kiedy samochód taty się zbliża, szybko cofam się w cień bramy, zbyt szybko. Samochód mija mnie. Tato dojrzał tylko cień. Ma jednak pewne wątpliwości. To był Lion, z pewnością to był on. I od nowa pogrąża się w idiotycznych myślach. Tato przekonuje sam siebie — to nie jest Lion, tracę rozum, duchów nie ma. Rozsądek jest najważniejszy, tato chce go zachować. Pewien artysta z Kongo opowiadał mu, że w Brazzaville trzeba bardzo uważać, żeby nie natknąć się na zmarłych. Krążą straszne opowieści, nawet takie o zakochanych, którzy uprawiali miłość, przy czym jedno z nich było żywe, a drugie martwe. Tato nie zawraca, jedzie dalej do teatru, mocno ściskając kierownicę.

I tak oddalają się jedni od drugich! On robi, co może.

Szpital przysłał rodzicom świadectwo mojego zgonu. Zmarłem śmiercią naturalną. Ta bomba, która obsypała mnie fioletowymi odłamkami, to śmierć naturalna.

Niemowlę dziesięcio- czy piętnastomiesięczne, co za radość, zostałem wskrzeszony. Niemowlę, golutkie, słodkie, niemowlę, które się śmieje, tato, który się śmieje, pieści mnie, tańczy ze mną, znowu tu jestem!

Dlaczego jest o tyle lepiej wracać jako niemowlę niż jako dorosły?

W trakcie innego nocnego spotkania z tatą jestem zdrowy: „Widzisz, wróciłem i jestem w dobrej formie!".

Béatrice mówi, że tato ma bardzo pozytywną podświadomość.

*

Na cmentarzu w Douarnenez mój grób jest wśród grobów marynarzy. Nie miałem żadnych ciągot do wody podobnie jak tato, jak jego ojciec, jak jego dziadek.

Koniec rodziny cierpiącej na lęk przed wodą.

Rozdział 6

Spinoza twierdził, że mądrość to nie medytacja o śmierci,
lecz medytacja o życiu.

VLADIMIR JANKÉLÉVITCH

Brak wam mojej czułości i miłości,
Zachowajcie tego pełną świadomość.
Odnajdziecie mnie we wszystkich błyskach słońca,
We wszystkich barwach nieba,
w wesołym szmerze wszystkich strumieni,
Na brzegach morza i w mewach wszystkich plaż.

SÉVERINE AUFFRET

W listopadzie, kilka tygodni po moim pogrzebie,
przyjeżdża z wizytą do taty i mamy Bérangère, moja

przyjaciółka, wspólniczka wypadu do Rennes. Tato chciwie zbiera wszystkie wspomnienia, szczegóły mojego życia, wszystko, co ma związek z moją przeszłością. „Jeszcze i jeszcze, *ad hanc horam*, bardzo proszę, niech pani opowiada". Ponieważ ciągle ktoś mówi mu o mnie, tato zachowuje się tak, jakbym nadal żył.

Bérangère jest dyskretna, ale snuje wspomnienia o tysiącu rzeczy z mojego studenckiego życia. Butelki wina wykradane w barze Teatru Narodowego Bretanii, noce spędzone po kryjomu na wydziale, podróże pociągiem na gapę. Te wykroczenia syna zachwycają mojego tatę, byłego anarchistę. Pod koniec radosnej, a zarazem bolesnej rozmowy, jak wszystkie tego typu spotkania, ujawnia się główny powód tej wizyty. Bérangère opowiada o sierpniowym dniu, kiedy miał miejsce pogrzeb jej babci. Byłem wtedy z nią. Okropna ceremonia, podobnie jak pogrzeb Simona.

— Powiedzieliśmy sobie wówczas, że nie chcielibyśmy, żeby u nas odbyło się to w taki sposób, te komedie, ten wystrój, te żałosne przemowy...

Bérangère ujmuje dłonie mamy w swoje ręce.

— Martine, miałaś genialny pomysł z pogrzebem Liona. Prosiłaś o białe kwiaty i było zatrzęsienie białych kwiatów. Nie odważyłam się, żeby ci to powiedzieć w tamtym momencie, ale takie właśnie życzenie wypowiedział Lion tamtego wieczoru: „Tylko białe kwiaty!". Jak na to wpadłaś? Byłam oszołomiona, widząc białe kwiaty, takie jakie on wyobraził sobie na swoim pogrzebie.

Bérangère myśli o silnych więziach łączących matkę i syna. Tato mówi sobie w duchu, że nie trzeba długo szukać, by znaleźć źródło tego zbiegu okoliczności. Takie rzeczy zostają w rodzinie. Doskonale wiedziałem, co mama lubi najbardziej — w domu od dawna były tylko białe kwiaty. Jednakże tato, który tak lubił rozważać, kalkulować, obiektywnie oceniać, tym razem zachował dla siebie swoje wnioski — i milczał. Dobrze zrobiłeś, tato.

Bérangère się usprawiedliwia.

— Na pewno każde z was wyobrażało sobie własny pogrzeb, prawda? Słowa, dekoracje, opinie, w końcu całą ceremonię. Tamtego dnia zastanawialiśmy się oboje, ja i Lion, jak będzie wyglądać nasza ceremonia pogrzebowa. Ale zapewniam was, że Lion nie myślał poważnie o śmierci.

Jednak ta relacja wywarła niepożądany skutek na rodzicach. Natychmiast się zaniepokoili, wręcz przestraszyli. Wiem, że Lion myślał o swojej bliskiej śmierci. Znowu w głowie taty kotłują się szalone myśli o krążącej gdzieś śmierci i tym podobnych bredniach.

— To niezwykłe, ale Lion sprecyzował kilka rzeczy. Najpierw białe kwiaty. Następnie powiedział, że chciałby być skremowany. I znowu odgadliście jego życzenie! Przyznajcie się, rozmawialiście przy nim o waszej kremacji?

Mama i tato nigdy nie rozmawiali o kremacji, nawet między sobą. Nie było to ani mądre, ani przezorne. Kiedy umarłem, zachowali się tak, jak można się było spodziewać, ze wszystkimi ich przesądami, lękami. Wcześniej w ogóle o tym nie myśleli.

Dlaczego zdecydowaliście się na kremację? Mama, żeby być ze mną, tato, by podążyć za mamą.

A gdyby pochowali mnie do ziemi zamiast poddać kremacji? Popełniliby poważny błąd! Wspominaliby to z przerażeniem. Tato dziękuje w duchu mamie.

Mama w milczeniu dziękuje Bérangère, a ona im dziękuje za to, że nie było zamieszania.

Żadne z nich niczego tak naprawdę nie zrobiło, ale czują wdzięczność jedno dla drugiego.

Doszedłszy do tego punktu swej i tak już dość niebezpiecznej relacji, Bérangère waha się, czy ma kontynuować. W końcu jednak mówi, jakie było moje ostatnie życzenie.

— Lion powiedział, że chce, by jego prochy zostały rozsypane w Islandii.

Bomba! Tato wzburzony, zagubiony, oszołomiony. Problem leży nie w Islandii, lecz w rozsypaniu prochów. To dlatego ukradkiem uszczknęli odrobinę moich prochów z urny, która miała zostać pochowana na cmentarzu w Ploaré. Te prochy, które zachowali w sekrecie tylko dla nich dwojga, czekały na to, aby zostać rozsypane zgodnie z moim życzeniem. Tato, wzburzony, nie wie, co o tym sądzić, nie próbuje już niczego zrozumieć. Nie potrafi myśleć ani pozytywnie, ani obiektywnie, nie odwołuje się ani do swego intelektu, ani do intuicji, jest wytrącony z równowagi, ogarnia go naiwna, nadzwyczajna radość, bliska euforii. Dalej, tato! Wybucha głośnym, niepohamowanym śmiechem. Klaszcze w ręce. W tym szalonym uniesieniu zastanawia się, czy to przeznaczenie, czy tak chcieli bogowie; zresztą to nieważne; nie stara się tego zrozumieć, chwila jest nieodpowiednia. Przepełnia go radość, i to wszystko. Drży na całym ciele. Mama także. Obejmują się, płacząc. Są szczęśliwi, może to niewłaściwe słowo, ale tak właśnie jest.

Wszyscy rodzice pragną, żeby ich dziecko było wyjątkowe. Tato i mama są jak inni. Każdy etap mojej śmierci nabiera wyjątkowego znaczenia. Tato woła z entuzjazmem:

— Bérangère, to nadzwyczajne, mamy jego prochy! Mamy prochy Liona tutaj, w domu! Nie pochowaliśmy wszystkiego w ziemi. Możemy je rozsypać!

Bérangère jest zdumiona. Nic nie pojmuje. Wyjaśniają jej, że zabrali do domu część moich prochów. Okazuje się, że miało to sens. Nie będą leżały w domu, żeby podtrzymywać cierpienie rodziców w żałobie. Zabrali je, żeby teraz można je było rozsypać. I tak przypadek sprawił, że zdarzy się coś ważnego. Rodzice skłonni są wierzyć w cud. Szaleją z radości, odnaleźli mnie. Są jak w transie. Obejmują moją przyjaciółkę, niemal z nią tańczą. Śmiech i łzy.

Śmiej się, tato, twoja żałoba wkracza w nowy etap.

Tato w dalszym ciągu nie pojmuje, dlaczego pomyślałem o Islandii. Ale, ostatecznie, jakie to ma znaczenie, czy stało się tak z powodu Björk, z powodu ciszy niekończących się pejzaży, czy też miało związek z uniwersytetem w Reykjaviku, o którym mu opowiadałem podczas naszego wspólnego ostatniego lunchu w Rennes.

Rodzice postanawiają pojechać tam możliwie jak najszybciej, żeby rozsypać moje cudem zachowane prochy. Jakby chcieli uszanować moją ostatnią wolę.

*

Miesiąc później, niedziela 14 grudnia 2003 roku, godzina osiemnasta, noc, mżawka, mała uroczystość w Douarnenez, radosne preludium do tej szalonej wyprawy. Od strony ulicy Couédic, sprzed lokalu Abri de la Tempête dochodzą dźwięki porannej muzyki. Akordeon, mirlitony, tamburyny, trąbki, syreny statków. Pięćdziesiąt osób w maskach, z jedzeniem i piciem w torbach przewieszonych przez ramię przynosi mamie i tacie dwa bilety na samolot do Reykjaviku. Nieprawdopodobna historia z popiołami obiegła cały departament Finistère. Koledzy rodziców przygotowali w tajemnicy barwny festyn. Z maskami na twarzach, przebrani w różne kostiumy, przy wtórze głośnego akompaniamentu. I oto w ten wieczór marynarze, kapitanowie, wieśniacy, arystokraci, starzy Bretończycy w tradycyjnych strojach i niesforne błazny przybywają wielką bandą do domu rodziców, by ofiarować im podróż do Islandii. To ich sposób, by im towarzyszyć aż do końca.

Trzeba przyznać, że wasi koledzy mają poczucie humoru.

Jest dokładnie czterdziesty dziewiąty dzień po mojej śmierci. Tego dnia, według wierzeń buddyjskich, dusza zmarłego zrywa definitywnie ze światem ziemskim. Czysty przypadek dla tych niedowiarków z Douarnenez. Jednak mimo wszystko, między dwiema szklaneczkami i jedną sprośną piosenką, ktoś nie potrafił się powstrzymać, żeby nie zwrócić uwagi na ten zbieg okoliczności. Tata powiedział wtedy, że, jeśli nie brzmi to głupio, śmierć oczyszcza.

*

Sierpień 2004 roku, sześć miesięcy później. Przed opuszczeniem domu w Douarnenez i udaniem się w drogę na trasie Brest-Paryż-Reykjavik rodzice przygotowują moje prochy. Otwierają jedną z dwóch cennych szkatułek. Wieczko obraca się z trudem. Kiedy zostaje wreszcie podniesione, moje popioły zaczynają ulatywać w powietrze, tak jak to się stało w październiku ubiegłego roku. Ponownie z tą maleńką chmurką ulatniają się moje szczątki. Tato nie może tego znieść, znów szlocha: „Mój syn, mój syn". Kiedy płaczesz, tato, nie potrafisz mówić nic innego, tylko powtarzać te same słowa. Wdycha nosem ten pył, by nic nie zginęło z jego syna. Jak było do przewidzenia, zaczyna kasłać. Mama, bardziej praktyczna, ratuje, co się da. Wsypuje popiół do małego woreczka z czerwonego jedwabiu. Tato zatrzymuje najdłużej jak może smak popiołów w wyschniętych ustach. Długo się nim napawa. Mama, zaczadzona synem, chowa woreczek do podłużnej torebki noszonej przy pasie. Nie będzie się z nią rozstawać przez całą podróż, na noc będzie ją wsuwać pod poduszkę.

Druga szkatułka zostaje w domu. Separacja ze mną nie jest całkowita.

— A jeśli celnicy zapytają, co to za dziwny białawy proszek znajduje się w twojej torebce?

Panika, a potem śmiech.

Mama i tato odlatują do Islandii. Towarzyszą im Giloup i Marie-Hélène, najpiękniejsze maski z grudniowego festynu. Ponieważ jest to wyprawa mieszkańców Douarnenez, brak barier, szaleństwo, radość i czułość są nieodzowne, nawet w żałobnej podróży.

Na lotnisku Orly celnicy nie zadają żadnych pytań na temat proszku w torebce. Dla psów nie mam już żadnego zapachu.

Pięć dni później. Po przyjeździe do Selfoss ekspedycja turystyczno-żałobna czworga przybyszów z Bretanii waha się, czy kontynuować podróż południowym wybrzeżem Islandii, czy jechać drogą wewnętrzną, przez dolinę. Brzeg morski jest jak zawsze pociągający, ale Irma doradziła, by jechać w głąb kraju, od drugiej strony gór — czekają tam groty, wąwozy, lasy brzozowe, kwiaty, lodowce. Florence także powiedziała: „Jest tam jedna z najpiękniejszych rzeczy, jakie można zobaczyć. Ta dolina o zachodzie słońca to niebywały widok". Ponieważ tak powiedziały przyjaciółki, ponieważ tego ranka jest piękna bezwietrzna pogoda (tym gorzej dla żeglarzy), jedziemy do doliny lodowcowej, do Pórsmörk (należy wymawiać „Toersmoerk", co znaczy „autostopowicz"). Mówią sobie, że jadą do krainy boga Thora. Może tam rozsypią moje prochy. Na każdym etapie podróży zastanawiają się, czy to właściwe miejsce. Jednak każdego dnia, bez względu na to, jak piękny jest pejzaż, odraczają ten moment.

Ich podróż nie jest smutna. Mijają wodospad z wysokimi progami w Seljalandsfoss wspominany w *Tintin et le Temple du Soleil*. Objeżdżają skałę Brunhildy (przed wzgórzem Stóra Dímon mama dochodzi do wniosku, że Richard Peduzzi skopiował tę wspaniałą górską rzeźbę do dekoracji wystawianej w Bejrucie tetralogii Wagnera, a tato zgodził się z nią bez słowa). Z sopranem w roli głównej śpiewają arię *Cwał Walkirii*. Potem arię Wotana żegnającego córkę. Tato jest bardzo wzruszony.

Patrząc z boku, można pomyśleć, że to grupa krzykliwych turystów ze szczególnie fałszywie śpiewającym barytonem.

Przewodniki ostrzegały, że wyjeżdżając z drogi krajowej numer 1 na drogę 249, będą mieli do czynienia z przeprawami przez strumienie, nie zawsze przejezdnymi pod koniec sierpnia. Bardzo więc ostrożnie pokonują te przeszkody, a było już ich z dziewięć w ciągu trzech godzin jazdy. Trudne do przebycia przeprawy to w Islandii niemal sport narodowy. Co roku, w zależności od pogody, drogi są mniej lub bardziej zalane. Nie da się tego z góry przewidzieć. Nie stanowi to problemu dla dużego wozu z napędem na cztery koła z wysokim zawieszeniem ani dla islandzkiego autobusu na bardzo wysokich kołach. Jednak dla tego typu taniego pojazdu, jaki wynajęli, zagrożenie jest dość poważne. Dziesięć centymetrów wody więcej w płynącym jezdnią strumieniu i silnik jest zalany. Ryzykowna, dość niebezpieczna jazda, a firmy ubezpieczeniowe nie zwracają kosztów ewentualnej szkody. Przed samym południem zagradza im drogę bród głębszy niż dotąd pokonywane. Utknął już w nim jeep z napędem na cztery koła, jest kompletnie zalany wodą. Młoda dziewczyna, która prowadziła, i jej towarzysz musieli opuścić pojazd. Brną przez lodowatą wodę sięgającą im do piersi, z rękami uniesionymi do góry, trzymając jak najwyżej buty i ubranie. Wóz terenowy zniszczony, wyprawa nieudana — zakochani będą czekać na pomoc drogową.

Nie ma mowy, żeby tamtędy jechać. Mama, waszych dwoje przyjaciół i ty nie zapuszczacie się więc w tę drogę. Zawracacie i po kilkuset metrach skręcacie w wąską drogę na południe, zatrzymujecie się nad brzegiem jakiegoś jeziora. Całkowita zmiana programu. Trudno, nie zobaczą polecanej przez przyjaciółki doliny Pórsmörk ani lasów, ani boga piorunów. Postanawiacie jechać w kierunku Gigjökull, długiego lodowca na wysokości tysiąca metrów, aż do jeziora Lónio. Z mapy wynika, że ta góra nazywa się Eyjafjallajökull (przewodnik podaje wymowę, z krótkimi i długimi samogłoskami, ale jest tak trudna, że poddajecie się). Z prowiantem i kremem do opalania w plecakach ruszacie pieszo w drogę. Niebo jest cudownie błękitne. Islandia, o jakiej można marzyć, jasność nieznana na południowych szerokościach. Równina i góry, słońce i woda, lodowiec i wulkany, cisza, natura, jedynie natura wita was z odwieczną, obojętną życzliwością. Dookoła całego jeziora brzegi czarne od popiołów. Z doliny poniżej, w odległości dobrego kilometra marszu, dochodzi echo śmiechu dwojga zakochanych z zatopionego jeepa, siedzących na miękkim, złotawym mchu.

Ich wesołość stanowi część muzyki tego miejsca. Powaga i lekkość.

Zbocze pnie się ostro pod górę. Ty, tato, i Giloup idziecie przez wrzosowisko z nagimi torsami, spoceni, Marie-Hélène i mama są w T-shirtach. Słońce praży bardzo mocno. Trzysta metrów naprzeciwko wspaniały lodowiec schodzący ku jezioru, gdzie pływają tysiące wysepek, którym nadaliście nazwy *icebergs*, *growlers*, i nawet dla śmiechu, przekręcając mądre komentarze w przewodniku, porównali je do kawałków pieczonego na pustyni mięsa wołowego, zaśmiewając się przy tym w sposób typowy dla Francuzów. Lodowe bloki stoją na niebieskozielonym lustrze, w którym odbijają się śnieg, moreny, szczeliny lodowcowe.

Wszyscy poważnieją wobec tego niezwykłego, porywającego piękna pejzażu.

Po godzinie marszu staje się jasne dla was obojga, choć się wcale nie umawiacie, że to tutaj, na tym wulkanicznym popiele, w blasku lodowatego słońca, rozsypiecie moje prochy. Już prawie tydzień przemierzacie różne części Islandii w poszukiwaniu odpowiedniego miejsca, nie wiedząc, które wybrać: wybrzeże morza czy góry, wodospady czy pustynię, łagodny klimat czy upał. Wszędzie było pięknie. Dopiero dzisiaj, w tym miejscu, staje się to dla was oczywiste. Poranna pogoda, potem ten głęboki bród, uszkodzony wóz terenowy, lekkość i światło duszy, i wreszcie ten rozległy, zapierający dech pejzaż. Nagromadzenie małych przypadków decyduje o miejscu, gdzie rozsypiecie moje prochy. To ten właśnie wulkan wygasły od ponad dwóch wieków, zagubiony w głębi Islandii, przyjmiecie na mój drugi cmentarz — jako miejsce szczególnie wam bliskie, nieskończenie drogie, dziwnie podniosłe.

Wygląda na to, że droga żałoby przywiodła was tutaj przypadkiem. Jesteście na zboczu Eyjafjallajökull, niewiele wiecie o tym wulkanie. Gdybyście nawet i wiedzieli coś więcej, tak naprawdę niczego by to nie zmieniło. W 2004 roku poza kilkuset Islandczykami i kilkudziesięcioma wulkanologami nikt na naszej planecie nie zna tej nazwy „niemożliwej do wymówienia", jak za sześć lat stwierdzą dziennikarze z telewizji.

*

Dokonujecie rytuału — białawe prochy rozsypane na czarnym popiele wulkanu. Łzy. Siedząc ciasno przytuleni do siebie, trzymając się za ręce, płaczecie. Jest gorzej, niż przypuszczaliście. Giloup i Marie-Hélène też płaczą, w pewnej odległości, ale dość blisko was.

Dłuższą chwilę potem. Mama i tato wołają, żeby kontynuować wspólnie rytuał. Giloup dołącza do was i układa ciasno kilka kamieni jeden na drugim, tak jak to robią od wieków pielgrzymi na całym świecie. Kępka dzikiej trawy położona na kamiennym stosie i oto coś w rodzaju E.T. wyłania się obok moich prochów. Giloup owija E.T. swoim białym szalem — ta życzliwa figurka będzie mi towarzyszyć na zboczach Eyjafjallajökull. Jako mały chłopiec razem z rodzicami oglądałem wiele razy film *E.T.* Spielberga na kasecie wideo. Ten oglądany wraz ze mną film przywracał im wspomnienia z dzieciństwa, a E.T. chroniła mnie wieczorem, kiedy zasypiałem. To pozaziemskie stworzenie z filmu Spielberga wzięło pod swe skrzydła miliony dzieci. Mama i tato są głęboko wzruszeni, widząc, jak bierze mnie ono znowu w swą opiekę w Islandii.

Marie-Hélène chce uwiecznić to na zdjęciach. Rodzice z pewnością będą je oglądać, po powrocie do Francji staną się one dla nich bardzo cenne. Marie-Hélène pożycza od ciebie twój aparat cyfrowy, ale nie umie się nim posługiwać. Prosi cię o pomoc. Myślami, tato, jesteś zupełnie gdzie indziej, blisko mamy, blisko mnie. Mówisz jej mimochodem, co ma robić, ale nadal jesteś nieobecny. Twoje objaśnienia są niewystarczające. Prawdę mówiąc, w tym momencie masz gdzieś zdjęcia, bo dla ciebie istnieją tylko moje prochy i kamyczki mojego nowego opiekuńczego boga-lawy. Niezbyt pojętna Marie-Hélène nie może sobie bez pomocy poradzić z aparatem. Gdy ci to mówi, odpowiadasz:

— Czy naprawdę musisz to sfotografować?

Nie zależy ci na tym. Miałbyś oddalić się ode mnie, od twojego bólu? Nie chcesz tego. Marie-Hélène sądzi, że jej nie zrozumiałeś. Nalega. Cisza. Czeka cierpliwie, daje ci czas. Potem znowu wraca do tematu. W końcu rozumiesz, o co jej chodzi. Błąd. *Fatal error* ukazywało się w moich grach wideo. Zrozumieć to znaczy oddalić się. Patrzysz, widzisz całą scenerię, przyznajesz jej rację, oczywiście, że trzeba zrobić te zdjęcia. Nie chcesz oddalać się od moich prochów, od mojej śmierci, ode mnie, od wieczności — wszystko to, ubrane w słowa, staje się nijakie, bezbarwne. Ty jednak uruchamiasz aparat, przybliżasz wizjer do oka i wówczas dzieje się to, co było nieuniknione — ciebie już tu nie ma, już nie płaczesz, jesteś w obiektywie, nie jesteś już tatą we łzach u boku mamy, jesteś łowcą obrazów.

Zdjęcia moich prochów (i tak nic nie będzie widać, bo moje prochy na tle popiołów wulkanu to szarość na tle szarości). Zdjęcia krateru. Zdjęcia jeziora. Portrety mamy pięknej jak zawsze, nawet we łzach. Aparat fotograficzny strzela na wszystkie strony — jezioro, góry, lodowiec odbijający się w wodzie. Wraca do popiołów, do E.T., robi zdjęcia w szerokim planie, panoramiczne. Mając aparat cyfrowy, nie trzeba jak dawniej oszczędzać filmu. Aparat rejestruje wszystko, co się rusza, a zwłaszcza to, co się nie rusza, to, co tutaj dominuje — czas i naturę.

Nagle w obiektywie pojawia się naga postać. Obraz jest zamazany. Postać zanurza się w wodzie między dwoma lodowymi blokami. Przerażające, fotograf powraca do prawdziwego życia, życie powraca do taty, ten nagus to Giloup! Ten facet oszalał, po co wchodzi do lodowatej wody, może od tego umrzeć. Rzucasz twojego nikona, krzyczysz: „Giloup, nie wariuj, opamiętaj się!". Panika. Dwie niekończące się sekundy. Po czym Giloup wynurza się przy drugim brzegu lodowej wysepki. Śmieje się. Wychodzi na brzeg, ubiera się. Woła z daleka:

— Musiałem się zanurzyć. Czułem taką potrzebę. Nie wiem dlaczego. Nic się przecież nie stało...

Tato wymyśla mu od ostatnich, są daleko od jakiejkolwiek pomocy, a on mógł utonąć. Wariat Giloup przesyła mu dłonią czuły pocałunek. Od stanu paniki przechodzisz w stan absolutnego zachwytu na widok tego nieoczekiwanego animistycznego rytuału. Odzywa się w tobie fotograf i robisz zdjęcia uratowanemu z lodów Giloupowi. Lodowata kąpiel zakończona seansem fotograficznym. Trudno ci się pozbierać. Znowu zaczynasz płakać. Wracasz do mnie, do twojej żałoby i do mamy, która wszystko widziała. Koniec dygresji, powrót do rytuału.

Po co próbować uchwycić to, co niewidoczne we wzruszeniu? Odpowiedź: aby być posłusznym diabłu. Nie pozwolić, aby nadeszło nieznane. Diabły krążą bardzo blisko taty. Tato, wzburzony, woła: „Cholera! Niech żyją moje diabły! Niech żyje diabeł, z którym zawarłem umowę na zboczach Eyjafjallajökull. To ten sam diabeł albo jego kuzyn, który podszepnął mi do ucha, bym wziął aparat fotograficzny do kostnicy, dopóki ciało Liona było jeszcze ciepłe. Ten sam diabeł kazał mi robić zdjęcia na cmentarzu. A dlaczego nie? Diabły miały dobry pomysł. Całe szczęście, że były obok i pomogły mi robić pamiątkowe zdjęcia. Niech żyją moje diabły!".

Masz rację, tato.

*

Tydzień potem. Koniec sierpnia 2004 roku. Po powrocie do Douarnenez tato przenosi zdjęcia do komputera. Do historii mojego życia dochodzi nowy album. Po albumie *Lion, Vincennes 1982—1994, Lion, Quimper-Douarnenez 1995—2003* i po zdjęciach sinych plam zrobionych w kostnicy, żeby powiększyć zbiór, którego nigdy nikomu nie pokaże, tato robi nowy album *Lion, Islandia sierpień 2004*. Porządkuje zdjęcia etap po etapie: podróż, przeprawy przez brody, lodowiec, popioły, E.T., jezioro, Giloup, który wychodzi z wody, znowu jezioro, zarys wulkanu...

Każdego dnia lub prawie każdego oglądasz na nowo te zdjęcia (bez tła muzycznego, „o tym nie ma mowy!"). Często wracasz do zdjęcia kamiennego E.T. owiniętego białym szalem. A potem lodowate niebieskozielone jezioro, popioły i krater wulkanu górujący nad wszystkim. Mama ogląda zdjęcia razem z tobą. Obrazki elektroniczne znowu wyciskają łzy z oczu rodziców. Potrzebne są wam te fotografie na ekranie, a także na papierze — wielkie plansze, format karty pocztowej... Odwiedzają was przyjaciele. Mając w pogotowiu zdjęcia, niestrudzenie opowiadacie o podróży. Wciąż powtarzacie o nieprawdopodobnym ciągu przypadków, który doprowadził was do tego wszystkiego — pospieszna decyzja o kremacji, przechowywane w domu w tajemnicy moje prochy, relacja Bérangère, moje marzenia związane z Islandią, nieoczekiwana przeszkoda z powodu nieprzejezdnego brodu, odwieczny rytuał. Teraz wszystko już jest zakończone. W opowieści o śmierci waszego syna podkreślacie zbiegi okoliczności, nieprzewidziane zdarzenia. Macie dar hagiografów (święty Lion, „jakiż był piękny, jaki wielki, jaki doskonały!"). Uniknęliście cierpiętnictwa w stylu „jak bardzo cierpimy, nic nie zastąpi nam naszego syna, jesteśmy niepocieszeni, największe nieszczęście, jakie może spotkać rodziców, prawdziwa trauma i tym podobne". Szczęśliwie udało wam się uniknąć tego wszystkiego, czego oczekuje się od rodziców w żałobie. Natłok zbiegów okoliczności, jaki wam się przydarzył, daje możliwość ucieczki od złych wspomnień. Wasza opowieść jest pełna dobrej magii. Przyjaciele słuchają oszołomieni i zachwyceni piękną historią, jaką stała się wasza żałoba.

Podziwiają zdjęcia. Obiektywnie rzecz biorąc, nie ma na nich niczego szczególnego — jezioro, góry, lodowiec, zwykła relacja z podróży, dokładnie taka sama, jak tysiące innych amatorskich zdjęć robionych każdego dnia na całym świecie. Ponieważ jednak pokazujecie rozsypanie prochów waszego syna — wszyscy są wzruszeni. Wasi przyjaciele kochają was; wasi przyjaciele wam wierzą. Przepiękna jest Islandia waszej żałoby. Opowieść wszystko to porządkuje. Droga prowadzi prosto z Bretanii do Islandii, nie licząc objazdów i zakrętów, które były konieczne, żeby dojechać do celu. Przyjaciele słuchają uważnie mamy i taty, którzy niezmordowanie relacjonują swoją wyprawę. Wszystko doskonale się układa w ich coraz bardziej uporządkowanej opowieści.

Czy jest to całkowicie zgodne z prawdą? Nie mam nic do powiedzenia — zmarli mają gębę zamkniętą na kłódkę. Zresztą, nie mają wcale gęby.

Jedno jest pewne — wizyty, jakie składano rodzicom, sprawiają im przyjemność, podobnie jak możliwość opowiadania o wszystkim gościom. Może ból żałoby przeżywany u boku przyjaciół staje się łatwiejszy do zniesienia? I zapewne to jest najważniejsze.

*

Pewnego wieczoru pod koniec września przychodzi piękna Rachel. Pokazujecie jej zdjęcia, jak to zazwyczaj robicie.

— Widzisz, to ta góra, a tam jest to jezioro, tutaj Giloup zanurza się w lodowatej wodzie. Ale napędził nam strachu! Tutaj jest...

Rachel przerywa wam. Wraca do poprzednich zdjęć.

— Mogę?

Długo porównuje zdjęcia, na których widoczne jest jezioro.

— To nieprawdopodobne, zobaczcie tam, w wodzie...

— Co takiego?

— Nie zauważyliście?

— Bloki lodu, niebieska woda..

— Nie, nie to. Przyjrzyjcie się dobrze: oczy, twarz, tak, w tej wodzie jest twarz! Ale, ale... przecież to głowa lwa!

Są gry polegające na tym, że dziecko ma odnaleźć na rysunku dobrze ukrytego na drzewie myśliwego, którego nie widzi zając. Czasami potrzeba dużo czasu i bystrości wzroku, żeby odnaleźć myśliwego. Jako mały chłopiec uwielbiałem takie zgadywanki z niewidocznym wilkiem, którego nie dostrzegaliśmy ani ja, ani Czerwony Kapturek, chociaż wilk z pewnością był na rysunku, wystarczyło tylko dobrze popatrzeć. Jako student odnalazłem tę samą przyjemność w bardzo poważnych teoriach psychologii postaci*. Zupełnie niedawno, przed śmiercią, bawiłem się w coś takiego z obrazkami wypełnionymi mnóstwem kolorowych punkcików, z których — jeśli się dobrze im przyjrzałem — wyłaniała się nagle jakaś twarz lub

---

* Psychologia postaci (teoria Gestalt) — kierunek w psychologii wywodzący się z psychoanalizy.

cyfry. Stawało się nową oczywistością coś, co jeszcze trzy sekundy wcześniej było dla oka niewidoczne, płaskie, pozbawione jakiegokolwiek kształtu.

Teraz tutaj, w islandzkim jeziorze, Rachel, która miała ten dar od dzieciństwa, dostrzegła w wodzie głowę lwa. Dzięki niej, dzięki jej wyjątkowej spostrzegawczości udało się rodzicom ujrzeć ten kształt, którego przedtem w ogóle nie zauważyli ani w sierpniu na zboczach Eyjafjallajökull, ani potem po powrocie do Francji na zdjęciach, choć od miesiąca nieustannie je oglądali w albumie. Teraz głowa lwa była tu, przed ich oczyma, tak samo oczywista dla nich, jak i dla przyjaciół, którzy oglądali te zdjęcia. Wszyscy uczestniczyli duchowo w tej bolesnej pielgrzymce.

Po spostrzeżeniu Rachel dzieje się coś dziwnego, rodzice widzą tylko ten nowy, jakże ekscytujący obraz — głowę lwa w wodzie jeziora. Mama i tato nazywają je „moim" jeziorem. „Jezioro Liona, wulkan Liona". Wymawiają te słowa z drżeniem. Za każdym razem, kiedy pokazują zdjęcia, następuje chwila niepewności, po czym nagle wyłania się przed oczyma fascynujący obraz. Gra form, rozkosz tajemnicy, ten lew, tak, naprawdę lew, tu, w tym wulkanicznym jeziorze, na którego brzegu rozsypali prochy swojego Liona!

Mama i tata są wtedy bardzo szczęśliwi.

Kiedy pokazujesz, tato, rezultat twoich eksperymentów fotograficznych, zmuszasz każdego oglądającego do zagłębienia się w niepojęte spekulacje. Diabeł usiłuje zmusić do wiary w rzeczy nadnaturalne. Stajesz się wspólnikiem kusiciela i rozkoszujesz się powodującą zamęt grą. Opowiadana w ten sposób historia moich prochów rodzi pytanie.

— Czy to duch waszego Liona jest w tym jeziorze?

Tego nie da się uniknąć. Dla ludzi, którzy wierzą w życie pozagrobowe i tajemne siły, jest to oczywisty dowód potwierdzający ich wiarę. Ci zaś, którzy są raczej agnostykami, patrzą na te zdjęcia z zażenowaniem, jednocześnie jednak nie są w stanie zaprzeczyć bezdyskusyjnej obecności głowy lwa, dwojga oczu, rzęs, szczęki. Zjawisko nieożywione tak silnie emanuje, że przybiera formy życia. Trudne do pojęcia. Zaciera się granica między dwoma światami. Tato lubi podważać przekonania racjonalistyczne, tym bardziej że on także im hołduje.

Przy okazji wizyt u rodziców przyjaciele zagłębiają się w rozwiązywanie zawikłanej tajemnicy.

A potem, kiedy już uporano się z tym problemem, tato psuje nastrój. W racjonalnym, obiektywnym sposobie myślenia taty nie ma miejsca na mistyczne fantazje. Odwraca zdjęcie i pokazuje, na czym polega trik — lodowiec, skały, seraki, moreny, rozpadliny skalne odbijają się w wodzie jeziora. Wskutek takiego migotania pojawia się kształt bardzo przypominający głowę lwa. Wydaje się nam, że coś widzimy, choć jest to tylko gra świateł. Koniec marzeń, koniec metafizyki. Tato stosuje, jak to mówią, demistyfikację. Najczęściej działa to tylko połowicznie. Dla większej pewności dodaje:

— Kiedy wam opowiadam te historie, kiedy patrzę na zdjęcia i je opisuję, czuję się szczęśliwy. To mnie uspokaja. Jest mi z tym dobrze. Nie wiem, jak to się dzieje, że tyle piękna można dostrzec w naszym chaosie. Takiej łaski doświadczają czasem artyści na scenie.

Skąd bierze się ta łaska? Skąd bierze się wiatr?
Tato mówi, że cieszy go także wiatr.

Ma odpowiedź na wszystko.

*

Ta nieprawdopodobna historia jeszcze się nie skończyła. Przedostatni epizod dobrze pasuje do historii sprzed kilku tygodni dotyczącej moich prochów osłoniętych pagórkiem z kamieni. Tata całkiem wariuje, oglądając inne zdjęcie, i do jego opowieści dochodzi nowy rozdział. Dzieje się to pod koniec października 2004 roku, w dniu przejścia na czas zimowy. Mija właśnie rok od mojej śmierci, dwa miesiące temu rodzice wrócili z Islandii. Tato siada, jak to ma w zwyczaju, do komputera i do iPhoto.

Tato oczywiście nie mógł się powstrzymać, żeby nie zrobić zdjęć cmentarza i grobowca, gdzie stoi kamienny lew wykonany dłutem dziadka Giloupa. Kiedy tato przychodzi płakać na cmentarzu, widok kamiennego lwa zawsze go wzrusza. Tego wieczoru tato klika na jedno ze zdjęć zrobionych na cmentarzu. Nagle, wiedziony intuicją, zaczyna je powiększać.

Kilka kliknięć i na ekranie pojawiają się obok siebie zdjęcia wulkanicznego jeziora i cmentarza. No tak, nie ma wątpliwości, miał rację, oto znowu coś niewidocznego staje się widoczne — lew na cmentarzu w Ploaré jest identyczny z lwem w islandzkim jeziorze. Lew z jeziora i lew z kamienia są bliźniakami.

— Martine, chodź coś zobaczyć!

Mama odkłada książkę i podchodzi do komputera.

— Spójrz. Kolejne szaleństwo. Popatrz dobrze. Kiedy Giloup niczym wariat wszedł do lodowatej wody jeziora w Islandii, w rzeczywistości wszedł w odbity obraz lwa jego dziadka. Tylko na to popatrz!

Faktycznie — Giloup zanurza się w wizerunku podobnym co do joty do kamiennego lwa, który on sam postawił na moim grobie. Giloup często powtarzał, że nie wie, co go zmusiło do rozebrania się i zanurzenia w wodzie. Teraz tato pojmuje: Giloup nie tylko dokonał rytuału oczyszczenia, ale był inspirowany przez obraz, którego nie widział. Zawiązując niewidzialną nić między Bretanią i Islandią, między jednym cmentarzem i drugim, nieświadomie zanurzył się w lwie swojego dziadka.

Tato całkiem oszalał. Z każdym kolejnym epizodem jego historia staje się coraz bardziej zwariowana. Sięga szczytu. Tato upiera się: „To ja o wszystkim decyduję, nikt inny, ani diabeł, ani bogowie, ani Lion, ani Zeus!". Tato wymyśla jak najbardziej racjonalne wyjaśnienia na to, że nie ma żadnych tajemnic. A jeśli to wszystko przydarzyło się tacie i mamie po to tylko, żeby mogli przenieść swoje wizje na scenę? Niekiedy artyści mają kontakt z bogami. (Ale niekiedy nie. W tych dwóch przypadkach to zaskakujące). Tak jak tutaj.

A co ja na to? Czy naprawdę wszystko działo się tak, jak oni to opowiadają — moja śmierć, pogrzeb, kremacja, Islandia, odbicia w wodzie, Giloup i tym podobne? Nie mogę nic powiedzieć. Na cmentarzu obowiązuje milczenie.

„Trzeba widzieć znaki wszędzie, jeśli chcą one nam się ukazać" — podszepnęła mu Louise. Tacie podoba się to sformułowanie, przyswaja je sobie jako własne. Dla większego bezpieczeństwa wciąż powtarza, że znaki to nic innego, tylko ludzkie sprawy —

żadnej dwuznaczności. Mama natomiast nie przejmuje się tym, czy to racjonalne, czy nie. Realność, idea, halucynacja, znak, wzruszenie — to dla niej nieważne, bo to ja nieustannie jej towarzyszę, by mogła płakać i śmiać się. By mogła żyć.

Tato i mama tak jak inni ojcowie i matki chcą odbierać znaki od swoich dzieci i o nich opowiadać.

*

Kiedy byłem małym chłopcem, lubiłem niespodzianki, kuglarskie sztuczki, nieprawdopodobne rzeczy, podobnie jak wszystkie dzieci i dorośli. Magia. Lubiłem, kiedy tato, siedząc na skraju mojego dziecinnego łóżeczka, zabierał mnie w krainę baśni. Czytał świetnie bajki, przeżywał je tak, jakby w nie wierzył. Było mi dobrze, kiedy słuchałem tych opowieści, ssąc kciuk. Byliśmy razem. Uwielbiałem czary. Tato także ulegał magii. Wszystko stawało się całkiem prawdziwe.

*

Corocznie od 2004 do 2009 roku mama i tato jeździli na Islandię, nad jezioro u stóp Eyjafjallajökull.

Chociaż długo przyglądali się lodowcowi i jego odbiciu w wodzie jeziora, nie dostrzegali w nim lwa i przekonywali się nawzajem, że nie byli zbyt skoncentrowani. Nie da się grać doskonale na każdym przedstawieniu. Łaska ma swoje wzloty i upadki. Kopczyk stał nadal, ale nie było już białego szala Giloupa, porwał go wiatr. Rokrocznie rodzice spędzali długie chwile nad brzegiem tego jeziora. Przed odejściem dorzucali kolejny kamyk na islandzkim E.T. Kontynuowali potem swoją pielgrzymkę, jadąc wzdłuż wspaniałej linii grzbietu wulkanu. Za każdym razem bardzo płakali.

W ostatnich latach nie było tak ciepło jak w 2004 roku. Rzeki nie wychodziły z brzegów. Tato i mama mogli jechać dużo dalej drogą i przekraczać płytkie brody.

— Można z tym żyć — powiedział im znajomy, podobnie jak oni w żałobie po synu.

Tato nie ośmielił się go zapytać, czy fikcje równie piękne jak ich dodały barwy cierpieniu osieroconego ojca. Tato w każdym razie jest przekonany, że oni nie mogliby „żyć z tym", gdyby nie ciąg wydarzeń i historii, które życie im zgotowało z racji mojej śmierci. „Bez tego byłoby to nie do zniesienia". Zawsze ten patos!

*

Z upływem lat, trzeba to uczciwie stwierdzić, ból trochę się zmniejszył.

— To nieprawda! — woła mama.

Nie ma obiektywnej miary dla bólu! Są jednakże pewne punkty odniesienia. Na przykład — napady płaczu są coraz rzadsze. Inny przykład: zmniejszyła się ilość branych przez nich leków antydepresyjnych i uspokajających oraz wizyt u psychiatry. Są to rzeczy policzalne i dość obiektywne.

*

Opowieść rosła w nich jak oaza zieleni. W latach 2003—2010 radzili sobie z moją śmiercią, odwołując się do tych historii. Opowiadali je tak często, jak tylko mogli, błąkając się na terytorium fikcji. Niespodzianie w połowie kwietnia 2010 roku zdarzyło się coś nadzwyczajnego, co dało temat dla nowych opowieści: w tym samym tygodniu, kiedy kończyłbym dwadzieścia osiem lat, „mój" wulkan się przebudził. Cały

świat męczył się z wymawianiem nazwy „Eyjafjallajökull", podczas gdy od dawna już stanowiła ona część ich
osobistej muzyki powtarzanej szeptem niczym dziecięca
wyliczanka. Mama i tato uważali, że miejsce to jest
zarezerwowane wyłącznie dla nich. Wierzyli, że wulkan
jest na zawsze uśpiony, a ja śpię u jego stóp. I nagle tej
wiosny nastąpiła silna eksplozja, wulkan wyrzucił dymy
na wysokość dziesięciu kilometrów, moje prochy
wymieszane zostały z pyłem wulkanicznym. Świadectwo ich żałoby rozniosło się po całym świecie.

Erupcja wulkanu to nie bagatela! Eyjafjallajökull!
Widzą mnie na stronach wszystkich gazet. Są wzburzeni. Wzywają mnie głośnym, szalonym krzykiem.
Zachęcają mnie do sparaliżowania całego ruchu po-
wietrznego. Całkowite wariactwo. Historia, którą
opowiadają przyjaciołom, jest coraz bardziej nieprawdopodobna, szczęśliwa, cudowna i humorystycz-
na. Wybucha w istnym fajerwerku. Tak zuchwały syn
to niezły temat do opowieści.

W te dni tato i mama wdychają pełnymi płucami
maleńkie drobiny pyłu, który niesie się z dalekiej

północy aż do południowej Europy, jakby zawierając w sobie cząstki mnie, przybywały specjalnie do nich.

Co tak naprawdę widzieli na niebie tej wiosny? Moje prochy, które rozproszyły się jeszcze bardziej. Reszta to prawo powieści. A to już wiele.

31 maja 2010

Podziękowania

Wieczorem tego dnia, kiedy zmarł nasz syn, zadzwonił do mnie Daniel Michel: „Nie wiem, czy w taki dzień możesz wysłuchać tego, co chciałbym ci powiedzieć, ale ja kilka lat temu przeżyłem to samo, taką samą absolutną rozpacz. Teraz mogę ci powiedzieć, że można z tym żyć".

Dziękuję ci, Danielu, za ten telefon. Dziękuję tym wszystkim, którzy zadzwonili do mnie tamtego dnia i uświadomili mi oczywistą prawdę, że śmierć stanowi część życia i że można z tym żyć. Nie żalić się, nie rozczulać nad sobą i nieszczęściami tego świata, nie czekać końca świata, ale żyć! Jak? Nie wiem i nie zamierzam udzielać porad ani lekcji. Każdy człowiek musi sam znaleźć własny na to sposób. Każdy człowiek także powinien pomóc innym w poszukiwaniach. A ponieważ nie lubię się skarżyć ani pouczać nikogo w sprawach życia i śmierci, napisałem tę książkę w formie relacji na pół realistycznej, na pół fikcyjnej. Dziękuję całemu temu ludzkiemu łańcuchowi, który dał mi energię do opowiedzenia tej historii i okazję do powtórzenia przesłania Daniela: „Można z tym żyć".